U0059101

分明

傅承得散文自選集（一九八五至二○一○）

傅承得　著

馬華文學獎大系 01

「馬華文學獎大系」總序

葉嘯（馬來西亞華文作家協會會長）

　　1989年，吉隆坡暨雪蘭莪中華工商總會創設了「馬華文學節」，馬來西亞華文作家協會倡議配合文學節，舉辦「馬華文學獎」，獎勵表現優秀的馬華作家。這個建議獲得多個團體回應支持，作為文學節的重點專案，每兩年主辦一次，至今已進入了第十一屆。每屆只頒發予一位得主，除獎狀外，獎金為馬幣一萬元，是為馬華文壇最高榮譽的文學獎。「馬華文學獎」的意義在於主辦單位為工商團體，首開風氣，體現了「儒」和「商」的結合，志在提高馬來西亞華文文學水準與作家社會地位，為馬華文學增添了實際的推動力。

　　「馬華文學獎」的評審除了評估候選人的文學創作成果和文學創作思想之外，也必須衡量候選人在推動及發揚馬來西亞華文文學方面的成績與貢獻。由此可見，「馬華文學獎」的得主不單具備顯著的創作成績，更需積極推動馬華文學的發展。

　　「馬華文學獎」的歷屆得主如下：

第一屆（1989）：方北方

第二屆（1991）：韋暈

第三屆（1993）：姚拓

第四屆（1995）：雲里風

第五屆（1998）：原上草

第六屆（2000）：吳岸

第七屆（2002）：年紅

第八屆（2004）：馬崙

第九屆（2006）：小黑

第十屆（2008）：馬漢

第十一屆（2010）：傅承得

　　馬來西亞華文作家協會作為歷屆「馬華文學獎工委會」顧問，在評選過程中，提供了實際的諮詢，確保「馬華文學獎」評審公正及嚴謹，以致「馬華文學獎」成為最具代表性的文學獎項之一，而歷屆的得主，可說是實至名歸。

　　工委會於2010年籌辦第十一屆「馬華文學獎」，我代表馬來西亞華文作家協會提出有意為所有「馬華文學獎」得主出版選集，以表揚、肯定他們在馬華文壇的貢獻。這項提議獲得工委會一致通過，並且邀請作協成為應屆的協辦單位，進一步加深了作協和「馬華文學獎」的關係。事實上，歷屆的得主幾乎都是作協的歷任會長或理事，因此，為歷屆得主出版選集，更是作協當仁不讓的使命。

　　在作協秘書長潘碧華博士的穿針引線下，我們獲得臺灣的秀威資訊股份有限公司支援，應允出版全部選集，並徵求「方北方出版基金」贊助部份經費。如此一來，解除了作協需動用龐大出版經費的顧慮，可以全力以赴。

　　秀威的挺身而出，讓「馬華文學獎大系」的出版更具意義，這亦可視作馬華文壇前輩作家在馬來西亞以外的國家，首次作大規模的作品展示。我們不敢奢望選集暢銷熱賣，卻極期盼能夠藉此向大家推介「馬華文學獎」諸位得主，尤其是前行代作家如方北方、韋暈、原上草、吳岸、姚拓、雲里風、馬漢，代表了馬華文壇早期的鮮明特色；而年紅、馬崙、小黑，以至傅承得的中生代，顯現的又是另一番景色了。

　　本大系由潘碧華（大馬）、楊宗翰（台灣）兩位負責主編，每部選集特邀一位評論作者為「馬華文學獎」得主撰寫評介，相信有助於讀者更深一層瞭解馬華作家。我也要在此向秀威同仁致謝，因為大家的努力，本大系才得以順利誕生。

文本及文本以外的閱讀
——評《分明：傅承得散文自選集（一九八五至二〇一〇）》

陳湘琳（馬來亞大學語文暨語言學學院）

一、前言

對傅承得的印象，最初是詩而非散文。1988年，他的《趕在風雨之前》，他的「月如」，他與游川的「動地吟」，皆是筆者對他的最早記憶。而他的自選集裡選的卻是散文——這固然有他自己說的字數的考量[1]，但就文體而言，以中年之後更沉澱內省的散文為過去詩般激情澎湃的歲月作一回顧與總結，亦未嘗不是一種紀念——儘管傅的散文也許內省，卻一點不失激情。實際上，激情是傅承得散文（以及詩歌）裡似乎自覺要節制而始終保有的存在。

多年前有論者為文討論傅承得詩集，以為其詩藝術價值不高，主要原因就是由於「只能在特定的時空中引起讀者的共鳴」、「用在沉澱激情和悲憤情緒的時間太短」、「時過境遷，人事已非，熱烈激昂的情緒早已冷凝」，因此其詩整體而言雖「能在馬華文學史上占一席位」，但不是因為「詩作本身的藝術價值或文學本質」，而是「詩作所包含的歷史價值和意義」[2]。這樣的評價從文學本位出發，大概也無可厚非，但評論者大約也不得不同時承認，文本從來就無法真正獨立於外在世界與現實意識型態，特別是討論馬華文

---

[1] 見傅承得：〈秋後算帳〉，《分明：傅承得散文自選集（1985—2010）‧自序》。

[2] 劉育龍：〈詩與政治的辯證式對話——論八〇和九〇年代兩本政治詩集〉，發表於1998年，後收入陳大為、鍾怡雯、胡金倫編：《馬華文學讀本II：赤道迴聲》，臺北：萬卷樓出版社，2004，頁206，頁208-209；張光達：〈馬華政治詩：感時憂國與戲謔嘲諷〉，《人文雜誌》第12期，2001年11月，頁102。

學，基本無法迴避歷史和現實意義：沉重的歷史、荒謬的現實，以及由此引發的憤慨，許多時候正是馬華作品問世的基礎。

　　2003年，劉俊曾以《赤道形聲》為考察中心，進而得出「對歷史的不斷回視、對現實的深度介入，以及『歷史』和『現實』之間不易剝離的複雜關係」是馬華文學作者群用文字所構築的「文學世界中的廣泛存在」、「代表了馬華文學的一種特質」這樣一個結論。[3]由此，評論八〇、九〇年代的作家而不重視其作品的歷史和現實意義，大概不太公允，但若只是由歷史與現實價值切入，則傳承得的文學──作為「馬華文學特質」下的一種「廣泛存在」，意義恐怕也不算太大。

　　實際上，就現有的馬華文學研究而言，對作家的研究主要有幾個方向：或從傳記資料、作品內容等入手對作家其人與其作品作系統之整理分析；或就文本方面對其文學作細緻的解讀和評價；或從時代變遷、社會發展、文學史等角度評價作家作品在馬華文壇的地位得失。而以文化的視角進行觀照，似乎更是海外華文文學研究的大勢所趨[4]。不管是就評價標準還是描述框架方面，這些研究都有可取之處。但就傳承得而言，這樣的探討方向或許還是有可反思的地方。詩人出身、商人屬性、文化搞手、論語導師、出版社社長……傳承得複雜的身份背後，涉及的還不止是他自己，還有他的時代情境，以及他與他那一代已逝未逝的文壇同路人之交遊、活動、書寫，而外在政治、時事、商業的衝擊，在地、留台時期社會文化歷史的積澱，也無不對他和他的散文產生微妙的作用。

　　從這樣的角度出發，則評論既應是文本的，也應該試圖超越文本；既是文學的，也希望能觸及文化；既是評論傳承得「私」人的

---

[3]　劉俊：〈「歷史」與「現實」：考察馬華文學的一種視角──以《赤道形聲》為中心〉，陳大為、鍾怡雯、胡金倫編：《馬華文學讀本II：赤道迴聲》，頁657-658，頁666。

[4]　此參朱文斌：〈論海外華文文學研究的方法論轉換問題〉，《人文雜誌》第24期，2004年9月，頁6。

文字，也嘗試旁及「公」共領域的事功。藉由這樣的脈絡，或許可以給傅承得，以及他這二十年來的文字書寫與文化活動軌跡一個恰切的定位。

二、書寫的力度：文本及文本以外的閱讀

傅承得在自選集裡如此自我期許：

> 青絲飛白，柿葉學書，曾木華老師要我以隸或楷體入門。我選隸，然後問自己為何。答案或是：隸碑嚴謹模拙刀刻金石，楷帖端莊秀氣訴諸紙墨。我總期望文字有點力度。這些年來作文，我亦如此用力。[5]

但用力的書寫往往不在文字，而必須是在生命。

> 舞文弄墨的，文字就是他的生命。對文字負責，也就是對生命負責。（〈練筆〉）

如前所言，關於傅承得的評論既應是文本的，也應該試圖超越文本，他的書寫既不應被看作是純粹「文本」的書寫，與其書寫有關的「一切閱讀」因此也不應該僅僅針對文學文本，而應包括相關的社會、政治、文化，甚至歷史語境。但文本的重要之處在於提供一個社會的／政治的／文化的轉喻空間，一方面讓作者得以啟動種種批判／觀照，另一方面也提供讀者閱讀／視察的切入點。

從月如到母親：關注、視野與發聲姿態的轉變

想避而不談傅承得的家人是不可能的。124篇自選散文讀下來，

5　傅承得：〈秋後算帳〉，《分明：傅承得散文自選集（1985—2010）‧自序》

大約有三分之一（44篇）談到祖父、祖母、父親、母親、姐姐、弟弟、妻子、女兒，尤其寫母親的最多。那是傳承得的身世、成長、隱痛，與記憶。

　　散文自選集第一篇文章〈等一株樹〉一開頭就說：「母親自友人處……」緊接著第二篇散文就是〈母親五十歲〉。母親做小販養家、母親裹粽一流、母親買酒給兒子喝、母親的私房菜獨一無二、母親的眼淚、母親的寬容……。母親、母親、母親──當他坦言「我是這樣的讀者：一個經常在別人的書或故事裏遇見自己的讀者……重要的是走出書本，回到現實檢視自己的生命」時，注意篇名：〈你的故事從母親開始〉。如此，全書以母親書寫為結束大概也就不足為奇了：

> 是我的母親，讓我在這天地之間有了重心，在這人生之路有了方向。是我的母親，在我生命陷入低潮時，不至於沉淪；在我迷失時，不至於前路茫茫。因為我知道：我還有一個疼我、愛我、關心我，肯為孩子犧牲一切的母親。（〈慈愛的歡顏〉）

　　如果說，在他的詩歌代表作《趕在風雨之前》中，有他妻子「娟」的化身「月如」，作為他話語的受眾，在憤慨的政治批判中起著抒情的緩和作用，那麼在其散文自選集裡，母親的身影則是他書寫的巨大背景。

　　從「月如」到「母親」（還有「女兒」），同樣是女性，同樣是傳承得最親近關愛的對象，而文體從詩歌而散文，敘述重心從政治轉向家常──則象徵性地記錄了傳承得書寫從（愛情般）激昂到（親情般）平和的轉折。如此，儘管八十年代末以來政治社會的動盪與惶惑其實並沒有結束，但傳承得的關注點、文學視野與發聲的姿態本身卻產生了質變──他的書寫由是改變。

相對於詩歌裡家國的、歷史的「大敘述」，傅承得散文多了一層個人色彩。在歷經世故之餘，家道的中落、父母的恩怨、個人從文轉商的破釜沉舟，在在加添了他滄桑的自覺。這樣的抒寫雖然不算獨樹一幟，但在生命走向安穩後的中年，再回頭來檢視自己（還有母親）前半生的起落，畢竟有某種回甘的意味——儘管種族政治的陰影始終揮之不去。

如此，借由家族／母親／個人這樣微觀、瑣碎、重複的敘事，傅承得記錄了馬來西亞華人在獨立以後掙扎、艱苦而又頑強的奮鬥故事，哪怕平凡，卻從後設的觀點為獨立以後五六十年代成長起來的一代作了寓言式的補敘。

文人「表演」：等樹夢樹修樹

從書寫〈火浣的行程〉開始，應該是傅承得創作生命的里程碑——他找到了他的同路人：陳徽崇、游川、小曼、姚新光等。那是1988年6月的「端午詩節」活動。那也是廿四面節令鼓的首演。傅承得的人生路向似乎由此而清晰起來：

> 我們都是風雨裏趕路的人：你的音樂、我的文學，甚至小曼的漫畫和姚新光的相聲，不同的藝術面貌，卻流著同樣的熱血、跳著同樣的脈搏。是的，我們都在趕路，和許多默默耕耘與播種的人一樣，藉著彼此的體溫，趕一段火浣的行程。……這年代，我們不只是悲哀和憤怒，還要將坦蕩無悔的胸懷，化作一股氣勢、一份豪情，可以直視黑暗，擎起乾坤！我們不想自憐自怨，當風急雨驟、夜色如漆，我們要學文天祥「鏡裏朱顏都變盡，只有丹心難滅」；要學譚嗣同「我自橫刀向天笑，去留肝膽兩崑崙」；要學秋瑾「一腔熱血勤珍重，灑去猶能化碧濤」，那種趕火浣行程，誓不愧天地的本色！（〈火浣的行程〉）

　　重讀傅承得當年的豪言壯語，也許更能體會這些「老」輩[6]的使命感：

> 歷史已到了轉折處，大家必須群策群力，才能開創新局面。
> （〈動地吟：起跑綫上的槍響〉）

　　他們的「開創」宣告了「動地吟」的開始。

　　實際上，七十年代中期以來，華人社會就曾經展開了一場獨具個性，轟轟烈烈的馬來西亞「華人的傳統文化醒覺運動」。這是一場文化創造運動，而且是在外在壓力之下，處於憂患意識之中的建構[7]。八十年代中期全國華團聯合宣言及民權委員會的成立，幾乎動員了全體華社華團共同肩負起華教發展的使命及承傳華人文化的事業。而八十年代有許多引起極大反響的事件，都與文化有關，比如1982年9月內政部發函通知由是年10月1日起，除了農曆新年外，停止發出准證于所有申請表演舞獅的個人或團體；還有1987年華文小學高職事件（委派不諳華文的人事擔任華小高職），教育課題最終演變成種族性的敏感對峙，遂有茅草行動大逮捕，許多所謂「煽動種族情緒者」被捕。在這樣的時代背景下，傅承得和游川主辦「動地吟」詩歌朗誦會巡迴演出，詩歌中不乏政治上敏感的題材，可謂當時詩界活動的一項突破[8]。

6　1988年，游川因傅承得的《趕在風雨之前》，也因他年少老成，初次見面就稱他「傅老」；姚新光與姚拓兩位先生，也稱「姚老」。

7　安煥然：〈馬華文學的背後──華文教育與馬華文化〉，陳大為、鍾怡雯、胡金倫編：《馬華文學讀本II：赤道迴聲》，頁572。

8　「動地吟」演出最早應該是從1988年「全國大專生活營」的詩歌朗誦開始，同年，再由「聲音的演出」正式展開序幕。筆者當時有幸作為觀眾，曾目睹傅、游的激情朗誦，配合音樂的演出，令人動容。次年，朗誦會正式打出「動地吟」的旗號，在西馬巡迴演出。1990年又赴東海岸與東馬演出「肝膽行」。1999年集結了另一些年輕詩人，在全馬作了22場演出。詳見傅承得〈敢有歌吟動地哀──「動地吟」·民間與文學〉，劉藝婉、傅承得編：《彷彿魔法，讓人著

但這樣的活動最終會否「淪為表演性質的馬華文化」[9]？它們又有多少提昇深化的可能？社會學者麥留芳在討論馬華文化時曾經指出：舞獅、舞龍、耍大旗、功夫等活動「僅是華裔文化中次要的要素，要把這些納入任何文化體系中皆毫無困難。三藩市、紐約、溫哥華及倫敦等地皆有華人玩這些東西。……它們並不是中國文化或華裔文化的本質。它們只是一些文化本質的表現方式。」[10]文化的建立乃是以語言文字為本位。[11]

從這個角度視察，傅承得等人的演出毋寧介於二者之間——「動地吟」以詩歌為主，朗誦、音樂為輔；「傳燈」以歌詩為主，傳燈意象為輔[12]。即或是二十四節令鼓，也有節氣作為鋪墊。而姚新光在相聲與華語正音活動方面的努力也值得正視：

> 他說過的：「華語正音是要讓我們有一天站在聯合國的舞臺上，說別人聽得懂的華語。」他說的，其實是尊嚴。（〈富貴如姚老〉）

至於最後的結果，用傅承得自己的話來說，就是持續的等候、夢想、努力：

> 決心花一輩子來等一株樹。是龍虎擎挺的松柏還是風雨不折

　　迷：動地吟20年紀念文集》，吉隆坡：大將出版社，2009。

[9] 黃錦樹以為，馬華文化有其「表演性」：「如此的文化表徵形態注重的其實是文化上的情緒功能，但往往在效果上也僅止於滿足一時的情緒，然而在情緒上又一再揚升至文化將亡的集體悲哀。」見《馬華文學與中國性》，臺北：元尊文化企業股份有限公司，1998，頁118。

[10] 麥留芳（劉放）：〈華裔文化通訊談〉，《流放集》，八打靈：蕉風出版社，1979，頁55。

[11] 劉紹銘：〈有關文化的聯想〉，《獨留香水向黃昏》，臺北：九歌出版社，1989，頁116-117。

[12] 值得注意的是，這樣的意象不止是傅承得詩歌的符碼，同時更成為小曼、陳徽崇等文化活動的重要象徵。以〈傳燈〉為例，它不但成為馬來西亞文化節的主題曲，更是上世紀80年代華社，還有大專學府華人學生舉辦文化活動的主題歌，而「傳燈」本身也成為一個深具意義的莊嚴儀式。

的竹；是市井遮蔭的巨木抑或解人乾渴的果樹？我不肯定。
只知道有一株樹的種子落在心田，正待我殷勤照顧。也許有
一天，它真的會破胸而出。（〈等一株樹〉）

我曾夢想這棵樹，能為庭院庇蔭，老來放張躺椅，樹下讀書
納涼。我曾夢想這棵樹，外孫來時為他們切一盤香甜。前頭
還有一段歲月。我還得繼續修樹。（〈修樹〉）

商人意識：文字書寫策略

而這樣持續「夢想」的艱難對傅承得後來的從商大概是個重要
的催化劑，使年少時「安心的在文學的領域裏馳騁」，堅持「那不
實際的輕商重文觀念」（〈關心〉）的他最終從商（而不棄文）：

我曾經立志當詩人，讓想像遨遊天地，在文學的國度馳騁筆
墨，生活也過得無拘無束、自由和愜意。可惜，這個「偉
大」的抱負只實踐了一半。另一半，成了不快樂的我：忙於
生計，和盡全力的去完成我認為應該負起的責任。（〈個
性〉）

從自選集裡的文字仍可大致感受他當初的壓力。當「人生轉
折，過去歸零」，他說：「我知道自己得重新開始另一段艱辛的自
學旅途。」（〈洪水式的學習〉）而馬來西亞的時代社會語境和他個
人身份意識的改變最終影響（或者說是更堅定了）傅承得的文字書寫
策略──因為首先，他是一個商人[13]，他是一個專業出版人，他是一
個賣花者。在馬來西亞崇商、重利的環境中，在馬華文學屬於「流通

---

[13] 傅承得〈親江湖，疏儒生〉謂：「星洲日報《學海週刊》的年輕朋友曾問我：現在是商人還是
文人？我的答案直截了當：商人。我也不是『儒商』或其他四不像；商人就是商人。」

力薄弱」文學（literature of lesser diffusion）的現實情境中，他不得不走這樣一條「你的理想有多大，你就要有多現實」（〈或者學一點經濟學〉）的道路。早在寫《趕在風雨之前》時，他的詩歌語言已經有意識地傾向明朗淺白：「因為只有這樣，讀者才能產生共鳴」[14]。這樣的思考後來更是被強化，成為其書寫策略與操作的一部份。實際上，作為曾經的「大馬詩壇當今的兩塊瑰寶」[15]之一，他的詩歌，他散文中諸如「你褪下腕表，走上了舞臺。……走出了時間。從此定格」[16]的意象經營早已說明了傅承得的文字功力。因此以更「通俗」的文字／內容作書寫，大概只能說是他商人意識下自覺的選擇：

> 棄教從商，我思考的方向，包括「親江湖、疏儒生」。
> （〈親江湖，疏儒生〉）

> 至於這些文字算不算「文學創作」？坦白說：我不在意。「文學」，就像「不快樂」，已不足以「解釋」我企圖尋找的自由人生。（〈築巢一枝，飲河滿腹？〉）

作為出版人，他大概比一般人更清楚地看到銷售成敗的力量：書籍若不暢銷，就沒有影響力。影響力使作者可以擁有一個發聲的位置，更多的發言權，以及更龐大的聽眾，因此才能更有效地去作隱性的、柔軟的文化推動和改變。換言之，傅承得的文字甚至行銷策略都可以看作是他試圖改變社會現實的一種嘗試，現實因此也等於是理想：他的現實使他的理想在他筆下開展，他的理想因此才有可能在現實裡具現。

---

[14] 傅承得：《趕在風雨之前‧自序》，吉隆坡：十方出版社，1988。

[15] 陳慧樺：〈大馬詩壇當今的兩塊瑰寶〉，江名輝編：《馬華文學的新解讀》，八打靈：留台聯總，1999，頁70-73。

[16] 傅承得：〈今夜煙花起滅──哀怒悼陳容〉，《星洲日報》，2011年2月29日。

　　而儒家經典導讀或許也可以從這樣的角度重新思考：傅承得是一位商人，但傅承得也曾經是一位教師、一位詩人，並且「一直」是個文化人。許多年前李瑞騰評傅承得詩時就說過：《趕在風雨之前》以〈夜夢夫子〉壓軸，看來只有「講學」、「著書」之途了[17]。他年輕時也頗以知識份子自居：

> 深愛長袍，除了它像第二層皮膚，穿上如此舒服外，更重要的是：在我心中，它代表著中國知識份子高風亮節的典範。憂時憂民，守節不移，能以天下興衰為己任，敢置個人生死於度外。這種胸襟氣概，已經很少出現在現代知識份子身上了。（〈長袍〉）

面對華社普遍的文化冷漠，他因此不能不發聲：

> 陳徽崇老師在世時，認為華社問題在內憂不在外患。「華人來到南洋，用了整個世紀的時間賺錢。同樣的，也用了整個世紀的歲月去丟掉文化！」這句話是他的白底黑字。他更嚴厲的說法是：「文化失身」。……滿袋鈔票滿腦名利，胸中沒半點文化，是我們大多數華社領袖的寫照。沒有文化，即不知甚麼是施行仁政甚麼是王道。沒有文化即放棄飛行，只滿足於匍匐地上抓小蟲啄顆粒，等待滅絕的命運。[18]

　　借用張錦忠對於陳大為、鍾怡雯等主編和出版馬華詩選、散文選的「自我建構典律」[19]說法，傅承得以出版社社長之便，自我

---

[17] 李瑞騰：〈歌在黃金之邦──馬華詩人傅承得〉，《第三屆現代詩學會議論文集》，彰化：彰化師範大學國文系，1997，頁199。

[18] 傅承得：〈放棄飛行〉，《星洲日報》，2011年4月4日。

[19] 張錦忠：〈（八〇年代以來）臺灣文學複系統中的馬華文學〉，陳大為、鍾怡雯、胡金倫編：

建構的「馬華典律」工程更是龐大，傳承得及其「哥們」如游川、陳再藩（小曼）的著作不說，其他諸如黃子、小黑、何乃健、溫祥英、晨硯、黃錦樹、陳大為、鍾怡雯、陳紹安、林金城、呂育陶、邢詒旺、伍燕翎……，還有田思、沈慶旺、楊藝雄等東馬作家，都成了大將「精選」的一員，尤其值得注意的是詩歌朗誦與經典導讀著作的出版。

實際上，華人在大規模遷移到南洋／馬來半島後，因不同的環境、生存條件和社會變遷，而在華人族群之中形成各種社會、經濟、教育、資源和文化經驗方面的差距與價值認同。但整體而言，這是一個「華文」而非「中文」的語境[20]。

要改變現狀，相對於「動地吟」的文化表演形式，或者華文、中文還是「異言華文」[21]的紛擾，傳承得經典的導讀似乎更多地體現了一種商人意識中較高度的文化探索與「華文」語境中的「中文」自覺。

集體發聲：從祭文開始

學者討論馬華文學的政治化時曾經提及馬華作者的無奈：「學術的自省和反思都成不了氣候」。對於馬華文化、政治發展的諸多不滿一直是許多作家處理的題材。潘雨桐、小黑、傳承得、方昂、吳岸等作家都在這方面留下了許多值得注意的作品。[22]整體而言，傳承得的散文有極為顯明的亟欲發言、表達評論的意圖。政治現實

《馬華文學讀本II：赤道迴聲》，頁148。

[20] 詳參黃錦樹：〈華文／中文：「失語的南方」與語言再造〉，《馬華文學：內在中國、語言與文學史》，吉隆坡：華社資料研究中心，1996，頁27-54。

[21] 張錦忠認為：「新興華文文學的華文是『異言華文』（Chinese of difference），另有一番文化符象，走的是異路歧途，文學表現也大異其趣。」見〈海外存異己：馬華文學朝向「新興華文文學」理論的建立〉，《中外文學》第29卷第4期，2000年9月，頁26。

[22] 何國忠：〈馬華文學：政治和文化語境下的變奏〉，陳大為、鍾怡雯、胡金倫編：《馬華文學讀本II：赤道迴聲》，頁99頁，105-106。

和華人傳統文化的困境，既是深重的困擾，也是重要的啟發，在他整體平實（有時抒情）的敘述中，隱然呈現了對當代馬華文壇和社會的高度關注。特別是有關文化記憶的文章——實際上，這是他散文自選集中寫得最好的一類——筆者稱它們作傳承得的「現代祭文」。由此，他試圖再現那長久以來在官方／主流版圖中被壓抑的個人，與群體：

> 有些人我們必須送行，否則我們會一輩子愧疚。我知道，這次我送的，是我心目中的典範，也是華社長期忽略的典範。我代表文化協會瓜登分會寫了篇祭文，朗讀給他聽。我又寫了這篇文章。華社曾有這個人。華社應該記得這個人。這位長輩，姓黃名耀銘；2000年10月23日與世長辭，享年四十八歲。（〈磊落登嘉樓〉）

> 2004年8月20日，姚老新光，與世長辭。其實，我們知道姚老有很多想做的事情還沒做。這個社會就是這樣：讓有心人走得不安心，有志者壯志未酬。（〈富貴如姚老〉）

　　但讓傳承得最傷心的也許是游川的離世。那個「一開口／我們就滾滾長江滔滔黃河一瀉千里」[23]，予人爽朗豪邁印象的游川，他在傳承得筆下卻是那麼一個陌生的、被迫沈默的游川：

> 這兩年來，你放棄了過去所堅持的。對人對事變得溫順了。只剩下對孩子的責任，你依然堅持。除了孩子，你找不到快樂。許多事你都忍受下來，保持沈默。3月9日我們在內蒙古酒家喝酒，我第一次看你醉得無法回家。你不快樂。我

[23] 見游川：《游川詩全集》，吉隆坡：大將出版社，2007，頁164。

想把令你不快樂的人事寫下來，這會傷人，你一定會說：算了。算了。這多麼不像你的口脗；但這確是你這兩年來的口頭禪。死因是心臟病嗎？……你的朗誦，我始終不想錄音。你提過，但隨意。我就是要你的聲音，在天地間成為絕響。〈絕響——祭游川〉）

「死因是心臟病嗎？」如此尖銳的提問，使讀者不得不顛覆原來的閱讀經驗而對社會現實情境作深層思考，同時逼使評論者不得不正視，甚至不得不回應其文本中強烈的社會批判性。類似的例子是陳徽崇和陳容的「祭文」：

活在這樣的國度，有才華的人眼裏心裏要「滾著淚花」，真是「夠力」。陳徽崇願意自己的靈柩，蓋上一面輝煌條紋？（〈才華如糞土〉）

兩年多前，陳容與我出席陳老師的追思晚會。他說：「陳老師既然得到國家文化人物獎，應該國旗蓋棺。」我說：「你去告訴治喪委員會吧！」我沒說的是：陳老師會同意嗎？如今我也沒機會問了：如果是你，陳容，你會同意嗎？[24]

我們很少在生活中遇見這樣的人：他的才華讓我們驚歎，他的真誠讓我們感動，他的堅持讓我們欣賞，他的失落讓我們疼惜。也許，我們心中也有一個不易察覺，卻因他而喚醒的失樂園。這個失樂園有真情、率直和純潔的人心，也有正直、祥和與公平的理想。（〈失樂園〉）

---

[24] 傅承得：〈今夜煙花起滅——哀怒悼陳容〉，《星洲日報》。

　　所謂的激情，或者即在這裡。藉由文本帶給讀者的剎那感動，而由此延伸出文本以外，那沉潛已久、貌似淡然卻從來不曾被遺忘──華社共同的憂憤與終極關懷。

> 游川說的是死後歸屬，馬金泉說的是籤散滿地。一樣，都一樣無根，一樣不知路在何方，一樣是走不出的困境，道不盡的酸楚，以及算不出未來的茫然。……馬金泉說：這是我返馬九年來，真實的、一直想說的感受。他與游川，用不同的方式來訴說我們共同的感受。國家獨立五十週年。（〈籤散滿地〉）

　　在國家獨立五十週年後，「無根」、「走不出的困境」居然是這些「文化人」（以及華社更多「非文化人」）「共同的感受」。他們或者曾經旅臺，或者返馬已久，又或者從來沒有離開過馬來西亞，卻都不由自主地經歷了認同的危機與身份的流離。漂泊或者不漂泊，跨國或者邊陲，最終卻還是要面對在家國之內而形同在家國之外的茫然。

　　在這樣的書寫中，傅承得體現的就不僅僅是個人的悲歡，而是集體的發聲[25]：讀傅承得自選集，實際上可以讀出不同時期不同面貌的文字，但多數時候感覺他似乎選擇了更明白如話而非更具張力／象徵意義的書寫方式；他對家國憂心感憤的政治情懷從來沒有隨時間褪色；而他為已逝故友的代言更是一種集體的發聲──不管生前

---

[25] 張錦忠認為，東南亞華文文學可以被歸類為德勒茲與瓜達裏（Gilles Deleuze and Félix Guattari）提出的「小文學」（minor literature）：既是在中國港臺以外「去畛域化」的「華文」寫作，又是族羣「政治」潛意識的反映，還同時是非大家、無經典下的「集體發聲」。見〈小文學，複系統：東南亞華文文學的（語言問題與）意義〉，吳耀宗編：《當代文學與人文生態：2003東南亞華文文學國際學術研討會論文集》，臺北：萬卷樓出版社，2003，頁322-325。本文用法稍有不同。

死後，他們彼此認同（用傅承得的話說是「肝膽相照」），他們因此一直是一個集體。而通過這樣的「現代祭文」，傅承得自覺／或者不自覺地為他們曾經的激情、汗水、沉痛、感懷，發出共同的申訴。

詹明信（Fredric Jameson）說過，第三世界的文本，甚至那些看起來關於個人（private）的文本，也總是以民族寓言（National Allegory）的形式來投射一種政治維度：關於私人個體命運的故事，往往是公共的第三世界文化與社會困境的寓言。[26]傅承得的散文未必有這樣的動機和高度，然而在他的這類散文／現代祭文裡，個人記憶的激情感動的確與社會政治的辛酸沉痛並置並存，進而標示出一種時代的見證和社會民間的非主流聲音。

三、結語

傅承得曾經如此評價杜忠全的書：「如果它不落在讀者的回憶位置，一定也會落在歷史、文化或旅遊等某一明確的閱讀位置。」（〈檳城的閱讀位置——從個人回憶讀杜忠全的《老檳城・老生活》〉）筆者覺得傅承得的讀者或許也可以這樣評價傅承得：他的散文即或不落在讀者的回憶位置，一定也會落在馬來西亞歷史、文化等某一明確的閱讀位置，成為閱讀二十年來馬華詩壇、文壇、文化的重要注腳。

儘管黃錦樹曾不無貶意地說過：「閱讀本地的作品」只是「咀嚼共同記憶罷了」[27]，但筆者仍然以「共同記憶」為重要的馬華文

---

[26] Fredric Jameson，「Third-World Literature in the Era of Multinational Capitalism」，Social Text，No.15，Autumn，1986，p.69. 此文前有張京媛的中譯：〈處於跨國資本主義時代中的第三世界文學〉，《當代電影》1989年6期，頁48；後又收入詹明信著，張旭東編、陳清僑等譯：《晚期資本主義的文化邏輯：詹明信批評理論文選》，香港：牛津大學出版社，1997，頁523。他們對「the story of the private individual destiny is always an allegory of the embattled situation of the public third-world culture and society」一句，皆翻譯作「關於個人命運的故事包含著第三世界的大眾文化和社會受到衝擊的寓言」，對此筆者稍作更改。

[27] 黃錦樹：〈對文學的外行與對歷史的無知？——就「馬華文學」答夏梅〉，《星洲日報》，

化資產——從這個角度來看，傅承得的馬華文學獎甚至也有點獻給「亡靈」的意義：他筆下的游川、陳徽崇、姚新光、陳容……大概都曾在他的「創作、出版、演講、培訓、活動、表演」[28]等方面付出過巨大的努力。如此，不管是趕在風雨之前，還是走在風雨之後——「傅承得等」的「表演」與書寫，既是詩人們的言志，也是有關生命／時間的命題；既是「我們」「憤怒的心事」[29]，或者也是一代馬華讀者／觀眾曾經的共同文化記憶。

　　放在這樣的閱讀脈絡裡檢視，則傅承得的散文既是文本，也不只是文本。（正如其書寫的指涉，既在家國，更在家國之外[30]。）

1992年8月11日。

[28] 在第11屆馬來西亞華文文學獎頒獎禮上，籌委會主席黃漢良形容傅承得「集出版人、作家、讀書人、文化人等身份於一身」，說「他通過創作、出版、演講、培訓、活動、表演等傳播文學種子及人生哲理，對本地文學界影響甚遠。」見《星洲日報》，2010年12月17日。

[29] 游川早期曾以筆名子凡寫過一首詩〈我們〉，後有寫給傅承得的〈鉛筆的心事〉：「但擦掉憤怒的心事／本身就是件憤怒的心事啊。」見游川：《游川詩全集》，頁137，頁233。

[30] 在此借用周蕾（Rey Chow）英文著作*Writing Diaspora: Tactics of Intervention in Contemporary Cultural Studies*的中文譯名，見《寫在家國之外：當代文化研究的干涉策略》，香港：牛津大學出版社，1996。

【自序】
秋後算帳

　　我不愛回顧，除非能從中汲取教訓圖謀將來。我記取愧疚與感恩，尋覓機會道歉與回報。追憶過往，或該留待老年。所以這本自選集選得相當辛苦。但既答應與決定做了，就做好它。

　　從1974年十五歲我提筆塗鴉，前十年習作。自選集一百廿四篇文章大致按寫作時間編排，是我1984年從大學畢業返馬至2010年的作品。重讀，彷彿也仍是「習作」，類似成長筆記。我無法篡改生命的內容，只能略修年少的文字。

　　近卅年過去，我很少刻意去寫「純散文」；本書文字也很少發表在純文學版位。我也寫詩，但總覺得散文是比較直接與即興的溝通方式。我注意文字，甚少刻意經營技巧。文筆或輕鬆或嚴肅，或書寫親情故事友好交往，或批判現實體悟生活，總期望做到侃侃而談，抒情說理逗趣，或甘脆說是閒聊對話。所以，散文也許是我的另一面；寫詩的我，總覺清越，總是繃緊。

　　馬來西亞華文作家協會葉嘯會長原希望此書是詩歌自選集。我問他自選集要多厚？他說三百頁才有點「份量」。我說那就散文吧！詩交不了貨。我的詩作不多，自覺滿意的更少。1990年代初，我幾近停歇詩筆。其後偶有作品，總是欠缺詩意。彷彿詩意是年輕的專利，步入中年滿佈人間滋味，無利益燻心，有烟火燻目。其實，本書所收，也多是我的副刊專欄文字，之所以還敢見人，因我沒愧對自己的文字，也沒把它們當隨筆雜感零碎亂寫。說真話，年去年來，每有動筆，我都認真努力看待拙文。屢修不說，也總盯著文字看，求紮實求精簡。

　　青絲飛白，柿葉學書，曾木華老師要我以隸或楷體入門。我選隸，然後問自己為何。答案或是：隸碑嚴謹樸拙刀刻金石，楷帖端莊秀氣訴諸紙墨。內擫外拓兩相宜，我喜歡瀟灑隨興，但也期望文字有點力度。這些年來作文，時而如此用力。少作不乏斧鑿痕跡，近年波磔猶在，但求自然。多說形同老王賣瓜，剩餘的留給讀者，或笑罵由人。

　　因獲頒作家協會與隆雪中華總商會聯辦的第十一屆「馬華文學獎」，才有此書。讓我再三致謝。葉嘯會長、潘碧華博士與臺灣秀威出版社玉成此事，不勝感禱。同事高慧鈴碩士協助校對，亦功不可沒。

　　得獎僥倖，出書歡喜。年歲入秋，約略總結：雲淡風輕，不過爾爾。

　　惟下筆一字一句，是一輩子的事。不敢或忘。

23.3.2011

目錄

等一株樹

母親自友人處購得一株小芒果樹，據說是接枝的，於是就興高采烈的種在院子裏。

四年來，全家人都在等這株樹：等它枝葉蒼翠，等它開花結果。經過長期的灌溉施肥，樹越高，快到四公尺了。但是，有意刁難似的，它並不因我們的殷殷期待而開出一朵花蕊，更甭說果實飄香了。

看著這株大芒果樹，大家的話題總兜繞在：會不會是「公」的？用「紗籠」或紅布包裹樹身試試看。到底芒果要幾年才會開花？如果是七年，現在還早呢！但買時明明講好是接枝的，大概被騙了。砍掉吧！如果倒霉，再等十年也不會開花結果。最後，誰也捨不得將它砍掉，所以只好繼續等這株芒果樹。

歲月流逝，芒果仍沒出現，卻等到了意外的收穫。

「初，固為尚書，夢松樹生其腹上。謂人曰：松字十八公也。後十八歲，吾其為公乎？卒如夢焉。」

近兩千年了的故事：三國時期的丁固夜夢松樹。兩千年後，這場非凡的夢竟引起我極大的震撼。若是畫，當是象徵派的詭異作品：「夢松樹生其腹上！」

因此，讀畢悄悄立願：決心花一輩子來等一株樹。是龍虎擎挺的松栢還是風雨不折的竹；是市井遮蔭的巨木抑或解人乾渴的果樹？我不肯定。只知道有一株樹的種子落在心田，正待我殷勤照顧。也許有一天，它真的會破胸而出。

經過風雨，全家人再來等一株樹，便很有象徵意味了，是不？其實，從一己到全國，甚或全人類，都在期待各自的樹。童話中有

豌豆長成的攀天大樹、寓言裏那棵綴滿金銀珠寶的搖錢樹、中國的梅和日本的櫻、佛教的菩提與基督教的橄欖，都是一株等待，一株希望。

　　等樹是一件快樂的事，就算它不開花結果，那身青翠、那份清涼、那種成長的喜悅與殷殷渴望的苦澀，便足以燃亮生命的意義了。

母親五十歲

　　在別人眼中，母親只是個平凡的女人；在兒女心裏，她卻是世上最偉大的。

　　老媽只受過小學教育，華語會聽，講則很難，寫更甭說了。幸好她還能筆劃錯亂的簽自己的名字，她的阿拉伯數字寫得蠻標準，因為逼不得已，她的小販生意時而要記些賬目。至於稍難一些的加減乘除，她則只好請孩子幫忙了。

　　老媽不只養我育我，她還間接的，比我小學到大學的老師教導我更多的人生之道。其中，我最欣賞佩服也學得最殷勤的，是她那堅強的生命力與困境中力求出路的本事。

　　她是在貧苦環境中長大的。嫁給老爸的前幾年，享了一些清福；後來家道中落，加上老爸失業，她就當小販謀生。屈指一算，她以這種靠天吃飯的小買賣維持家計，至今亦近廿年了。從卅歲的少婦到五十歲的外祖母，她飽受許多歲月的辛酸苦痛。這些寶貴的年華，她就如此不望兒女回報的賣給了時間，換取我們的飽暖與順利的成長。

　　我是十分慚愧的，因為大學畢業，立刻就得負起一筆龐大的債務，使得老媽仍要勞碌作息，無法安適。但她沒有怨言，反而輕鬆的安慰兒子說：忙碌慣了，確實閒不下來，沒有那群小販朋友聊天度日，頗為寂寞的呢！

　　這兩年經濟不景氣，老媽的小販生意更難做了。每天收入不足廿元，扣掉成本，所剩無幾。她除了勤勉，腦筋也十分靈活，決定多賣幾樣點心：原有的「叻沙」、清粥、蠔乾粥照樣擺賣，此外又加椰漿飯、炒米粉和潮州麵條，多些變化，讓顧客換換胃口。

　　老媽的手藝是不錯的，如此變通，自然盈利稍增。但這麼多樣式，她非得更加忙累不可。於是原本五點起床的，她要了我的鬧鐘，改成四點起來勞作。晚上則經常弄到午夜才能安枕。

　　見過我母親的朋友，對我諸多不錯的表現，都不感驚異。他們會說：難怪。而老媽除了在兒女心中永遠年輕，在別人的眼裏彷彿也不曾老去。因此，至今仍有人像發現新大陸似的跑來告訴我：

　　——哎！你母親長得很好看，怎麼她兒子一點也沒遺傳到？

　　絃外之音不問可知。但每次我都把到口的三字經吞回肚裏，因為稱讚我媽，遠比稱讚她兒子還值得高興百倍。

關心

爸坐在客廳椅子上看報，突然抬頭問：最近報章上很少見到你的稿了。我匆匆「嗯」了聲，說太忙，話就接不下去了。

爸知道他的長子不太長進，專愛舞文弄墨，騙些稿費。自臺返馬，他間或會提起我投稿的事來，雖只三兩次，但次次都令我感激。

我一直不敢問：爸，您也看我塗鴉的作品？大概是自知之明，在最親近的人面前更是不敢開口。

爸對他長子沒什麼要求。當年我想赴臺念中文系，他因手頭拮据反對，後來見我態度堅決，也就按月寄來生活費，那是他當小販辛苦掙到的血汗錢。在家書裏，他偶爾會說：課餘閒暇便寫稿投報，那是外快。這時，他剛健的筆跡總會傳來陣陣的溫暖。

爸一生為錢煩惱奔波，卻從未對兒子說：將來要賺大錢，讀文科一點也沒出息。謝謝他。正因如此，我才能安心的在文學的領域裏馳騁，堅持我那不實際的輕商重文觀念。

近來因忙碌和迷惘而少寫了，經父親一問，精神上頓獲支持與鼓勵，心想：別辜負了這份關心。

酒濃情更深

好酒之習，大概是遺傳自父母。

在我孩提時代，父親嘗醉酒夜歸。東搖西晃、言語顛倒且口吐穢物，在小小的心靈中，只覺得好奇和好玩，因而留下深刻印象。父親酒量雖大，但沒酗酒；豪飲之餘，是否有什麼鬱悒心事，當年的小不點並不懂得。成長之後，家道中落，父親的煙酒說戒就戒了，真的做到點滴不沾的地步。等家裏經濟情況轉佳，他偶爾喝些錨標人馬，煙卻永遠絕緣。

母親喝酒，只逢節慶。但天氣轉涼或腰背痠痛，她也會淺酌廊酒和虎骨酒等通血保暖。母親雖不好此道，但若有人廉價兜售洋酒，她會買來收藏，以備兒女婚嫁之用。對她而言，嫁女娶媳應是天下最重要的事了，所以請宴必招待美酒，以樂嘉賓。大姐結婚，擺了卅多圍，桌桌有洋酒。母親雖口頭上告訴我們：「好看，夠體面。」但她真正的心意，我們怎會不明瞭呢？

兒子廿四歲之前，雙親反對喝酒。但大學四年身處異鄉，常藉酒澆愁，讓臺灣煙酒公賣局賺去不少，這種事肯定不能宣於家書。廿四歲以後，禁酒令雖已撤除，他們卻多了一份心事：兒子會不會喝上癮？

擔心歸擔心，每逢與父親外出宵夜，他仍會問聲：來一瓶，怎樣？然後他不但搶著付賬，還會為兒子斟滿一杯。我喝下的，已是長留心底慢慢回甘的濃情厚意了。母親當然不贊同我夜夜剝花生下酒，只是見到兒子久未沾杯或口袋鬧窮時，她也會跑去熟悉的雜貨店沽買，回來指著杯中物說：哪，別喝太多。雜貨店老板事後說起，我聽罷笑笑，身心依舊溫暖。

以酒喻情，自古有之；酒情並提，詩詞裏更是常見。但酒裏乾坤再美好，卻永遠比不上父母安樂健在的歲月。

粽子的滋味

從小到大，就只愛吃家人裏的粽子。

祖母在世時，每逢端午必與媳婦忙得不可開交。糯米、蝦米、磨菇、栗子、五花肉和竹葉等備齊，擺上兩個十加侖大的鐵桶，生火滾燙的燒著。看一顆顆完美的粽子在熟練的手中舀米填餡包裹綑綁完成，那種感覺是奇妙而親切的。數百顆粽子煮熟後，三兩天就分光吃完。祖母有舊式女性的熱心，左鄰右舍與遠近親戚，都分得一串香噴噴的粽子。

祖母逝世後，有三、四年家中不再裹粽，原因是母親忙於生計，而兒女在外求學，提不起那份心情。近兩年來，母親又為粽子而忙碌了。

母親的廚藝聞名親友之間，單瞧瞧她兩個兒子的身材就足以証明。所以母親打算裹粽的消息一傳出去，知者莫不食指大動。約略結算，訂購的粽子竟有一千兩百粒。母親先是憂愁如何裹得完，忽而又眉開眼笑。顯然是：若要再訂，照殺不誤！我和二弟幫她買貨算賬，看她如此，心中都明白，母親是勞苦命，靜不下來。加上家中拮据，她只好又精打算盤了。

離鄉背井留學臺灣，不愛吃粽，縱使嚐試，味道也是苦澀的，怎比得上母親的手藝。「會吃的一定會煮」，母親就是証明。她品味頗高，只是在貧苦的日子裏從不挑剔。她兒女只學會吃苦，對她深懂美食與精於烹飪的本事卻沒學到。因此，母親常引以為憾：次子不吃海鮮，長子不吃辣椒。

忙於裹粽時，她絕不會忘記兒子「理想」中的粽子要如何處理。她聽到我說不要放鹹鴨蛋蛋黃，就「唉」了一聲，彷彿遺傳基因出了什麼差錯，讓我趕忙補充：哎哎！其實加蛋黃更可口！

二弟

　　二弟承積，最得母親歡心。

　　這兩年他在國都求學，難得放假回鄉省親。但他一回來，母親必增添許多笑容。二弟憨厚篤實，手也靈巧。機械電器，只要毛病不大，他都修理得好。所以，他每回放假，總會把家中事物收拾妥貼。母親看到我的宿舍臥房，常會嘮叨：也不向二弟學習，將來誰嫁你就慘了。我頂回說：兩個兒子一個款，那也沒意思。

　　孩提時代，我常欺負二弟，中學時害我一讀周作人的〈風箏〉就捫心有愧。長大後，我成了百無一用的書生，他倒真是母親的左右手。

　　母親有什麼事要兒子代勞，十之八九找他。惡性循環，我就愈發偷懶。端午節裹粽子，二弟照例幫母親買用料、記花費；客人訂購多少，他整理名單數量；燒粽子用的木柴，他前兩天就準備妥當，不必母親操心；煮好後貼上標誌，方便分派；當然，送貨結賬，也由他包辦。

　　──大兒子呢？蹲在母親身旁不斷囉嗦：我的粽子不要鴨蛋蛋黃，蝦米香菇不妨多加。不久想想不好意思，跑去看看二弟：他在艷陽下烈火旁揮汗塞木柴，我在紅毛丹樹底一邊指揮若定，一邊吃著剛出鍋的香噴噴的粽子。

　　當然，我也時常體諒和照顧二弟的。

　　二弟回來，母親頻頻燉補，他獲益之外，我也間接受惠。而我們兄弟最能表現親愛禮讓精神的時刻，就是母親燉好補藥後，她指著濃黑的湯汁說：哪！一人一大碗公，趁熱喝下。

　　我看到這種東西就口乾舌燥，極想掩鼻走開。二弟孝順，此時心意雖與我相通，卻能緊鎖眉頭不吭聲。母親一轉過身去，我說：

哪！你難得回來，在外地讀書又辛苦，我這碗你順便喝了，多補一補。勸到最後，差點要引些詩云子曰，曉以大義，騙他當代罪羔羊。

二弟中國文學基礎雖不好，孔融讓梨的故事卻是知道的。他說：少來。你是長子，媽最疼你，工作又辛苦，我這碗你順便喝了，多補一補。

正你推我讓互相仁愛之際，母親手提藥壺放在桌上，喝道：吵什麼！快喝，喝完每人再添一碗。

我們兄弟你望著我，我看著你，「唉」的一聲埋頭苦幹。心中都在嘀咕：從小到大，我們都是如此親親愛愛成長的啊！謝謝媽媽。

溫馨的字花

祖母生前好玩字花，總在週末提醒兒孫說：別忘了買幾號幾號，一毛錢大的，五分錢小的，而且經常一個別具意義的號碼「堅守」許久，那份屢敗屢戰的精神，偶會令我肅然起敬。

其實我們心中雪亮，她老人家並非嗜賭。一角五分的押注，中獎也不過那區區幾塊錢。她不缺錢用，兒女長大工作，時時都會給她零用花花。

也許，她是寂寞。孩子為著飯碗勞碌在外，少有時間留在家中相陪。她也深深了解：羽翼已豐的孩子，應有自己的天地。

她就這樣靜靜的活著，不願為他們增添些許煩惱。但靜靜的日子終究需要輕漾的漣漪；老人家不識字，聽不懂對白用華語或廣東話的影片，更不會玩四色牌或麻將，遂選擇了字花——一種最直接的消遣方式。

她倒也自得其樂，昨晚夢見什麼，清晨起來翻查《千字簿》，烏龜是幾號、打破碗公又是多少；邊查邊笑說：「哪！祖母也在讀冊呢！」找到她夢中事物的數字，就派孫子去叫收「萬字」的鴨仔叔或大頭嬸來，一唸一寫，最後將紙條細心摺妥收好。

記憶中，她很少中獎。每星期都押注，一年難得中一兩回。倘若「意外」中字，收穫也不過那十元八塊。但對她來說，這似乎是

天大的喜訊了，可以有餘錢多買點水果祭祖拜神，再分給兒孫吃。除了保佑闔家平安，又可以看到小孩子天真滿足的笑顏，難怪她總是樂此不疲。

　　祖母逝世多年了，祭日剛過。在她靈位前，我不禁想起從前所沒思慮到的問題：除了寂寞，祖母喜玩字花，是否也因她垂暮之年，仍想為自己平淡無奇的生活，燃起一星希望的火花呢？縱使是微不足道的希望，只要它存在著，生活就會過得快樂些。

　　──有所期待的活著，不正是每個平凡人最草根的願望嗎？

　　逝者不可追，她當時的心境是難以知曉了。我只知道：像她這樣的老人家，活在我們四周的，還有成千上萬人。在髮蒼視茫的背後，他們還有一片廣闊的天地，等待我們去發現、諒解，與感覺到那份源源不絕的溫馨。

流年

　　其實，對年已經有些麻木。

　　最完整與美滿的新年，是在兒時。那段歲月，住在寬敞的古屋裏，祖父正當壯年，老愛在大年初一集合所有子孫，闔家歡慶，然後排排坐吃果果般，拍一張全家福。祖父聲音宏亮如鐘，再加豪邁動作，總教我想起爆竹成串成串的連響。他會買成打雞鴨，然後對子孫說：哪！吃這一頓，足夠你們三天不必再進食！真是誇張。但在幼小的心靈中，那種感覺真好，像那塊掛在門楣上的彩布，紅通通的，透露濃厚的熱情與喜悅。

　　隨著年齡增長，也因家道中落，完整美滿的歡樂開始碎裂。殘缺不全的新年是苦澀的，但也沒有什麼好埋怨的，那是成長的滋味。母親當了小販，元旦生意必然興隆，所以全家出動，在咖啡店裏忙得油膩汗臭，沒有過年悠閒豐足的喜悅。顧攤位洗碗筷，同樣也沒有閒暇坐下來埋怨。畢竟，那一碗碗熱騰騰捧給客人的點心，就是一家大小寅吃卯糧的生活費。而雙親的笑容，就是最大的安慰了。

　　後來負笈國外，在異鄉冬末春初猶寒的天氣裏，度過幾個冷冷清清的新年。大一時系主任體恤外國遊子，特地邀請僑生到他家吃頓年夜飯。菜餚豐盛，感覺卻是零碎的。大二新年，義妹陳芳拉去她家過年，從除夕到年初二都住在她家，吃青剛菜包水餃，看人家快樂團圓，自己呢？

　　大四新年就好過多了，謝絕了一位教授的邀請，躲在公寓中聽疏疏落落的爆竹聲，心想這是最後一次在異鄉過年，接著就背起包袱，跟臺北說再見了。

　　今年能好好吃一頓團圓飯，心境必然開朗。就可惜大姐嫁了，飯桌終究缺了一角，還是有些遺憾。童年時失去的圓滿，彷彿再也湊不完整。

　　什麼時候才能補好它呢？也許，等將來娶了太太，生下幾個小寶寶，每當新年要為他們忙著準備紅包、新衣和糖果等禮物，然後看著他們綻放一朵朵似曾相識的笑靨，完整與美滿的感覺，或許真的就回來了。

拾花

那次經過，看到她蹲著拾花。滿地花落，她一一撿拾，放進身旁的小竹籃。

那是一個清涼的早晨，我漫步上班，周遭顯得那麼寧靜而舒適。樹外是山，雲帶繫腰；山外是天，水般澄澈。入眼盡是綠的沁冷與白的恬淡。而有那麼一位老婦人，蹲在屋前樹下拾花。我禁不住停下腳步，遠遠的看著樹、看著她，以及滿地的落花。最後決定趨近，連自己也畫入風景。

遂有芬芳襲來，濃不濃淡不淡的那種，像醇厚而溫和的老酒。沒有驚動老嫗，我悄悄拾起一朵，仔細端詳。粉白的小花瓣與紅色通心的花蕊，單純得令人想起芭蕾舞中的小仙女。紅是朱唇，白是雪裙，典雅與輕靈的結晶。樹已無花，只是默默垂注殞落的星雨、惜花的老婦與一位佇立觀賞的行人。

再次經過，決定打破靜謐。原是捨不得干擾這天天擁有的安詳，但按捺不住好奇心，想知道花的名字，更想瞭解拾花的心境。讀《紅樓夢》黛玉葬花，是在自悲身世；而年華老去的老嫗，掇拾落花又是怎樣的感觸？她抬頭看我，滿佈歲月滄桑的臉上有一抹慈藹的笑意。深邃的眼光在深刻的皺紋下，彷彿在說：哎！年輕人，我認得你啊！你天天經過……

她說了兩次，我才聽清楚。臺灣茉莉，她回答，並補充：用來泡茶的那種。

跟本地茉莉不同，阿婆拾來泡茶嗎？我問，一邊望著綠葉滿盈的空枝。這株樹仍舊生機盎然，竟突地令我想起「見山又是山」的佛語；無緣地，像一記棒喝。

　　不是，她說。是用來拜神的。你要嗎？送你一些。我辭謝了，並和她道別。她又沉默的拾起一朵一朵的小白花，盛滿一籃的芳香。

　　以後我再經過，總會遠遠的眺望她，蹲在樹蔭下，沐著晨風也沐著清馨。她一定很滿足，我想。在垂暮之年，能經常照顧一些飄零的花朵，虔誠的裝著碟子放在神枱上，還有裊裊的檀香輕輕迷漫⋯⋯

　　我似乎瞭解了，又似乎不。只覺得有一種模糊的心境逐漸成形。也許，是我太年輕了，對生命的體驗依然青澀。

　　如果，有一天在樹下拾花的是我，那我會清晰的知道，一些而今我無法分明的情意。

孝子阿裕

阿裕曾是我的同事，廿九歲，任職文書，家中除了妻小，還有一位高齡老父。阿裕祖籍潮州，潮州是否特產孝子我不知道，但他是個不折不扣的現代孝子。

每逢農曆七月，檳城街頭巷尾都大事慶祝盂蘭勝會。香火鼎盛，祭品豐富，還不惜自泰國請來歌臺戲班，演唱酬神。鬼王與「好兄弟」心滿意足不說，善男信女佳餚在腸肚，娛樂在耳目，自也其樂融融。

阿裕的老父別無嗜好，生活亦非多姿多采。閒來沒事幫忙看顧孫兒，再不然每兩星期就替院子的籬笆草「理頭」。我想，七月應是他最高興的月份了，因為這位老先生是個標準的傳統戲迷。

潮州人自是看潮州戲，只要檳城某個角落搭臺演潮州戲，老先生恐怕每場都到。亞依淡、天德園和丹絨武雅等，老先生對戲班子的檔期瞭若指掌。

不論遠近，不管風雨，只要有戲可看，阿裕必會騎著電單車載老父去觀看。有時間就陪老人家一齊聽戲，否則就等散場時接他，那經常是午夜了。

阿裕喜不喜歡潮州戲我不清楚，但耳濡目染，愛屋及烏，他對潮州戲班已有不少心得。每年盂蘭勝會自泰國請來多少班子、哪些班子功夫較好、什麼劇目最有看頭，他都能如數家珍。

有一回我問阿裕：這種戲變化不多，你老爸看不累啊？

那裏會。阿裕說：就算演同樣的戲，他也場場都到！臺前的觀眾，有一大半他都認識呢。他的談話對象那麼多，才不怕悶。

阿裕顯然對他父親老來孤單寂寞的心態頗能瞭解。

這是最難得的。

出題

　　生命裏有無數的考試，其中絕大部份是由他人或我們亦敬亦畏的「命運」出題。

　　從小學讀到大學，前後十八年，一次又一次的考場奮鬥，到手中握著一紙文憑，已是身經百戰，過五關斬六將的人物了。（英雄不英雄卻很難說。有些人頭頂方帽，肚裏草包，靠老子有錢，便能買到一張虛榮；也有些人從小到大，一路順順利利的考試作弊，拿到文憑時還要偷看一眼別人的。）

　　從單純的學校步入複雜的社會，真正面對人生無數的難題與困境，對我來說，考試才正開始。人生不只是個大舞臺，更是個大考場。在這無形的考場上，我們更得竭精盡力。別人的眼光與自身的成敗，雖是一種打分；而你給自己的交待，更是一份良心和勇氣的成績單。

　　在沒有師長督導的社會環境，我們很容易就鬆弛下來。惰性原就是人類的劣根性，更何況豐衣足食後，誰還會孜孜不倦的掙扎與努力？於是，在人生這場大考試裏，我們學會了「作弊」。這作弊的方式是：我們面對困難時，不斷的給自己尋找藉口：愚智與生俱來、成敗命中註定、一切是虛枉的，最後四大皆空。許多生命的逃兵，都這樣的安慰自己，結果，都擠在這下臺階溫適而黑暗的角落裏。

　　對堅韌的生命個體而言，人生不止於此。魏晉時代的陶侃，每一天都要搬些磚塊鍛鍊筋骨，除了不服老，應當還有更嚴肅的意義。海明威最會給自己出題，不斷的冒險。他認為：生命需要不斷的刺激與考驗，才能真實深刻的感覺到自己是個活生生的人。所以他喜歡鬥牛，經常到西班牙把生命懸掛在凶猛尖銳的牛角上。

只有不屈不撓，不向命運低頭的人，才敢不斷的發掘難題，在與外在困難奮鬥的過程當中，我們也和自己的內心掙扎。生命的意義，就在這內外交戰的心路。

　　於是成敗就顯得不重要了，敢在逆境或順境中主動向命運橫眉揮拳的人，縱使屢戰屢敗，也比那些渾噩麻木、未看清楚困窘就低頭的人，活得光榮些。

答案

　　端午節將到，心中最眷念的人，當然是三閭大夫屈原。

　　最近重讀司馬遷的〈屈原賈生列傳〉，有了新的領悟。這篇文字不知翻過幾遍，如今再看它，焦點是放在屈原投江自盡的那段文字上。

　　屈原遭楚懷王疏遠後，仍然身懷故國，心繫其君。至懷王客死秦國，他對令尹子蘭等奸臣深表痛恨，結果後者在繼承王位的頃襄王面前誹謗屈原，將他放逐到更遠的地方。屈原行吟江畔，遇上漁父，展開一場雄辯。

　　以前讀到這地方，總覺得屈原是對的。新沐彈冠，初浴振衣，寧可痛苦的清醒，也不要麻木或歡愉的濁醉。年輕的心靈就烙印一個深刻的形象：忠君愛國，散髮衣飄；就算無法守住方寸淨土，也不願隨波逐流。

　　年齡漸增，析察事物的看法就不再那麼一廂情願或單一角度。尤其對自己的性格有較深的瞭解後，更不會匆匆為本身的好惡輕下評斷。

　　所以，昔日痛恨漁父，認為他的說辭狗屁不通，如今卻倍加注意起來。

　　我想，要當漁父，遠比當屈原容易多了。君不見古往今來，多少與世浮沉而名不見經傳者？但像屈原這樣的人物，翻遍史書卻也找不到幾個。李白說過：且樂生前一杯酒，何須身後萬世名？人生苦短，什麼忠君愛國，流芳百世，原都是虛妄不著邊際的。所以活著要及時行樂，開一眼閉一眼。

　　漁父這套說法，源自老莊哲理：順其自然，與世推移。站在道家齊物無為的觀點來看，漁父是對的。但屈原所懷抱的，卻是儒家

經濟忠義的積極態度。當正道不行，曲邪害公，自殺彷彿是他唯一能走的道路。當天下承平，儒家的終點是大同世界；在亂世，其極端往往是死胡同。

而若非至情至性，想學屈原恐也難成。情至性至，換句話說就是走極端；走極端若非大成功大歡喜，就是大失敗大悲劇。所以至情至性者失敗，非瘋即死。屈原為理想而果決犧牲，是可以理解而不易學習的。

如果你問我：如今我站在哪一邊：屈原，還是漁父？——我真的要說抱歉。在這時空，屈原是學不來的；但當漁父，心又不甘。

希望有一天，我也能像太史公一樣，找到答案，一樣有那種「爽然自失」的感覺。

長袍

　　對長袍的厚愛，一直不曾改變。

　　我的朋友和學生曾因我腳穿布鞋而詫異；但見過或聽說我穿長袍的，恐怕很少。其實，返馬年餘，也只穿過兩回長袍，同樣是自小說家小黑處借來的，也同樣是為了登臺朗誦詩歌。

　　──老師，穿長袍好不好玩？看起來蠻瀟灑的。一位學生好奇而問，瞪大雙眼，大概是對長袍充滿了幻想。

　　第一次穿這種不合時宜的服裝，是在1981年。那時剛好大學放寒假，隨著博士班的學長和幾位同窗遊山玩水。臺灣有個以出產枇杷著名的地方叫「草屯」，我們路經此鎮，穿林越山，下榻在佛庵裏。那位博士班學長帶件長袍，時而穿著。我看了心癢癢，也借來試穿。後來遊至日月潭，山光水色，正好穿長袍拍照留念。玩罷歸來，對它就念念不忘了。

　　臺北是個國際大都會，洋裝處處，長袍並不多見。幸好大學校園裏，尤其是在文學院，穿長袍的老教授還是有的，但用「碩果僅存」來形容，想不為過。教人津津樂道的，是大文豪胡適先生一襲長袍，終身依舊的風範。此外，自稱包辦中國現代散文前三名的李敖，念臺大時總愛坐在大王椰樹下，身穿長袍，手抱典籍，人喻之「長袍怪」。可惜這兩位風雲人物，我都無緣親睹。

　　有回返馬渡假，吵著要老媽買布找人縫一件長袍。老媽探聽後說：布買不到，人更難找。只是我不死心，在臺北中華市場購得，偶爾穿著上課。氣人的是後來朋友借穿，一去不復返。

　　深愛長袍，除了它像第二層皮膚，穿上如此舒服外，更重要的是：在我心中，它代表著中國知識份子高風亮節的典範。憂時憂民，守節不移，能以天下興衰為己任，敢置個人生死於度外。

　　這種胸襟氣概，已經很少出現在現代知識份子身上了。

布鞋

對布鞋的喜愛，始終不曾稍減。

念大學先修班時，就迷上布鞋的舒適輕軟。也許與酷愛自由輕狂不羈的本性有關，在成長歲月中更換了許多偏嗜和習慣，但鍾愛布鞋的情感，依舊不二。

皮鞋名貴亮麗，然不得我心。除了十根腳趾難以伸張，不喜歡皮鞋的另一個理由，就是懶。皮鞋要保養，若不常拭擦刷洗，很容易又臭又髒又醜。布鞋則你方便我方便，沾了灰塵，只要噼啪拍幾下，連洗也不必。

當然，也有人惡評穿布鞋太「老氣」或「老土」，但年輕歲月就是要我行我素才算得意，別人嘴巴再癢，也與我足下無關，因此照穿不誤。

去臺灣唸書時，帶了兩雙大陸貨；一雙穿著，一雙塞入行李箱角落。幸好海關檢查不嚴，順利過關。在臺北，布鞋也不怎麼流行，加上人生地不熟，所以每回返馬渡假，我總不會忘記帶兩雙備穿。於是，臺大校園有它的足跡，文學院的長廊有它的跫音，在我人生大方向逐漸定位的年月裏，布鞋一直陪著我。

而在臺灣這個放眼盡是黃膚黑髮的國度，外加攻讀的又是往聖絕學，對布鞋又多了一重體會：一份文化鄉愁的認同。

穿著布鞋，每踏出一步都會自我提醒：不要忘了你的血緣與膚色。消失在歷史裏的山河土地，我是難以踏上了；但至少，從我布鞋以上的每一吋肌膚，仍還堂堂正正標示著我的根源。

畢業返馬工作，布鞋依然跟著我。文化鄉愁已根植於心，不必再去強調。而這兩年來為生活奔波，布鞋又帶給我新的啟示：做人要腳踏實地。

　　布鞋是踏實的，跟土地只隔著一層薄薄的、若有若無的距離。不論為人處世，抑或閱讀自修，我也時時告訴自己：要踏實，因為年少的理想和抱負，唯有踏實，才能逐一顯現。

多情應笑我

白髮，對西方人而言是衰老和大勢已去。所以林語堂說：在洋鬼子的國家，公車上千萬不要讓位給老人家坐，對方會瞪大牛鈴雙眼，以為你視他為廢物。但在東方，白髮卻是智慧與道德的象徵，松鶴遐齡是最大的幸福，尊老敬賢是我們的傳統美德。

當然，中國古典文學裏也頻現白髮的興歎，因為它對敏感的詩人而言是時間的無情警告，也是憂愁的副產品。戲劇裏，伍子胥過關，一夜白頭，不只震撼人心，也教許多科學家研究是否真有其事。（法國大仲馬小說《基度山恩仇記》、香港金庸名著《射鵰英雄傳》都有同樣的例子。）文人墨客對白髮的牢騷，隨手拈來，俯拾皆是。

李白的「白髮三千丈，緣愁似箇長」、「君不見高堂明鏡悲白髮，朝如青絲暮成雪」；東坡的「多情應笑我，早生華髮」；岳飛的「白了少年頭，空悲切」等，盡是耳目詳熟的名句。而《射鵰英雄傳》中〈四張機〉一詞有句「可憐未老頭先白」，更教我心緒翻湧。

最近老友見面，對方總要驚嘆：「你的白髮又多了！」我只能嘿嘿數聲，顧左右而言他；不然就半帶自我調侃的口吻說：智慧的象徵。──其實，對這些早來的華髮，我真的不能無動於衷。上了年紀而髮白是年高德昭，三十不到卻頭上蒼蒼，恐怕就不對勁了。於是，閒來沒事，我企圖尋找白髮的因果。

白髮不是遺傳，這點可以肯定。它們開始喧囂時，我大學尚未念完。因此，我將白髮的滋生歸咎於讀書太勤，腦力透支。它們像突擊隊，當我驚覺，經已佔據山頭許多區域。但我也並不緊張，以為只是突發事件，過後雲淡風輕。還心情開朗的和么弟承全討價還價，除一根白髮兩分，拔錯黑髮倒扣一角，請他清理煩惱絲。

　　然而，倔強頑強的白髮顯然不輕易屈服，反而「春風吹又生」，準備來個長期抗戰。我常取笑女友麗娟，說她將來嫁我，恐怕是白髮紅顏，老夫少妻。這嬌憨的女生當然不在乎，但我卻不能不興東坡「多情應笑我」的感嘆。東坡想起周公瑾廿歲出頭便意興風發，氣吞山河，自覺老大無成，加上華髮早生，難免要遺憾良多。我非東坡，只是被白髮騷動的心緒，也像他一樣久久不能平伏。

　　書讀多會不會使頭髮提早翻白我不清楚，倘若所讀文章過份震撼心弦，我想也不無可能。清人金聖歎狂傲不羈，但讀杜甫〈曉發公安〉一詩時，竟批道：「此詩最惡，不知何年，一見便熟，至今每五更枕上欲覺未覺時，口中無故便誦此詩，百計禁之，而轉復沓至，聖歎白髮，是此詩送得也。」（見《杜詩解》卷四）如此讀詩，境界之高、體會之深，恐非讀書不甚勤苦的我所能想像。但「皓首窮經」之例，自古有之，要將少年白髮這筆賬記在書籍之上，應也不算冤枉。

　　憂心如焚，煩惱過多，也會早生白髮。李白愁恨有三千丈，所以白髮也長了三千丈，不無道理。在貧苦環境長大的孩子，通常年少老成。心智的早熟使外表提前衰老，因果是分明的。詩人方昂卅歲才開竅，此前是個書獸子，連玩都不太會，一直保存赤子之心，所以雖大我七歲，他的娃娃臉卻教人誤以為他比我小。他的白髮，大概要年過五十才肯冒出一根的了。每思及此，難免要怨上天不公。此外，方昂這隻頭髮不白的書蟲，也使前述讀書太多會華髮早生的理論不攻自破。難道，白髮真的如別人所打的比喻：是「憂愁的私生子」嗎？

　　似乎又不然。伍子胥的例子雖非孤證，卻也少之又少。世間愁苦，數之不盡，而歷練滄桑的人，年過四十仍髮未蒼蒼、齒牙未動搖的現象，應是屢見不鮮。我們只能說：伍子胥的頭髮太脆弱，李白的青絲神經過敏，否則比他們遭遇更悲慘、煩悶更多的人，白髮偏偏姍姍來遲，又是什麼道理？

思前想後，我始終無法為「未老頭先白」的疑問尋得解答。有意無意的，頭髮又悄悄的暗自翻白。

直到去年中，我申請搬入教職員宿舍獲准後，遷至新居，環顧周遭，才若有所悟。

宿舍座落在校園裏，右前雙方是校舍，有條小溪曲折流過，竹叢掩映，風雨沙沙。宿舍後面，隔道板牆是安老院，偶有鈴聲，聽來似晨鐘暮鼓，其餘時刻盡是靜寂。至於左邊，就是墳山。坟墓縱橫，石碑殘舊，放眼高處，一株濃蔭大樹默默俯視。心緒欠佳，這座墳山總教我記起〈古詩十九首〉中的「人生忽如寄，壽無金石固。萬歲更相迭，賢聖莫能度。」倘若心情開朗，偶爾也會刪改王梵志的詩句「山上土饅頭，肉餡在山腳。一人吃一個，莫嫌沒滋味。」算是故作豁達。

如此環境，加上白髮頻催，讓年輕的我不得不在夜闌人靜時，獨坐書房沉思生命的課題。四年大學生涯給我極大的沖擊：舊的見解逐一崩潰，新的思想慢慢成形。那時，敏銳的感受如同鋒刃上的神經，隨時都有新奇的觸發。但畢業返馬年半，若非為溫飽而終日營營碌碌，就是埋首紙堆猛塗猛寫。書已少讀，人生的大方向更不再用心探索。等到聽了安老院的鈴聲，看見墳山的坵壘起伏，我的心才在沉寂歲餘之後，驀然撩撥驚響起來，像風雨夜來時的竹濤，如此不安；像河漲洶湧的泄洪，如此激動。

原來，這不合時宜的白髮，是來提醒的。提醒我逐漸忘懷了的事物，提醒我對生命的思考似已中斷，提醒我逝水流年人生促促，而我還有太多的抱負尚未逐一實現。

這白髮，就如此靜靜的，散在風中，猶如片片白幡，正在招魂。就連夢裏，白髮也不忘叮嚀：以書當枕。念大學時，他人笙歌夜遊，我獨挑燈展讀，只因我告訴自己：我將來不要為浪費了四年黃金歲月而後悔。而今畢業工作，其他朋友在有了事業以後開始放

鬆自己，享受生活；我的白髮卻來提醒：你將來不要為浪費了苦短
歲月而噬臍莫及。

　　白髮來得太早，但應正是時候。年過四十，我不必再因白髮而
驚慌；那時，人生或有另一番風景。

遊子吟

我喜歡唱歌，尤其是文藝歌曲。所以，我中學當合唱團團長，大學先修班時則是校外合唱團體的成員。〈黑霧〉〈一條大河〉〈問鶯燕〉這些曲調，至今念念不忘。當然，偶爾也用假音放高放尖唱〈百靈鳥你這美妙的歌手〉或〈姑娘生來愛唱歌〉，嘻哈一番。

甫進臺大，就被拉入「僑聲合唱團」。我心想：也好，可以滌洗鄉愁。於是，一個晚上，隨學長到學生活動中心去。不少高年級的團員已聚在一起有說有笑，只有我是新客。介紹、點頭、握手和歡迎後，就高低闊窄的啊幾聲試音分部。

接著，分發練唱歌詞。是〈遊子吟〉。

這是相當感人的歌曲。團長說。今天我們團裏來了新同學，讓他和我們一齊唱出遊子的心聲。好，開始：一二三，唱。

慈母——手中線——遊子——身上衣——

一個人在外，你要好好照顧自己。錢要小心看管，不要亂花，但該吃該用的，都不要省。媽媽這樣叮嚀。把書念好，其他都不必掛念。記得常常寫信回家。

臨行——密密縫——意恐——遲遲歸——

這幾件舊衣服還要帶去啊？維他命、補丸要放在乾燥的地方。錢不夠用，寫信回來。長褲三件夠嗎？多買一件罷。去到那邊，早點寫信回來，讓家人放心。

誰言寸草心——

我沒把歌唱完，就離開了合唱團。

從此，我也沒回去練唱。

想家

　　因想家而落淚，四年大學，我也沒去細數多少回。孤寂、委曲、夜寒或考砸了，都是好理由。

　　有位叫李白楊的女同學，是新加坡僑生，人很聰明、很美，就是愛哭。大一上半年抱枕頭，哭；老師凶，哭；打長途電話回家，哭。她老爸因為女兒愛哭，長路漫漫從新加坡飛來臺北安慰她。她一頭栽進老爸懷裏，哭得更兇。

　　另一位念師大的女生，比較洒脫。在熱鬧的公館街頭，一件牛仔褲，一襲夾克，一雙球鞋，一邊唱〈橄欖樹〉：「不要問我從哪裏來，我的故鄉在遠方」，一邊哭。

　　我倒沒真正見過男生因想家而哭。只有一回，讀歷史系的香港同學，因家中有事，我陪他趕去電訊局掛長途電話，看他一面講一面哭。

　　男生果真哭，也是蒙被無聲的哭。像我就是。但這秘密，我念大學時是絕不洩露的。男兒有淚不輕彈嘛！說出來丟臉。如今，倒是坦然了。

　　那時節躺在寒冷的綿被裏想：老爸好嗎？老媽好嗎？大姐、二姐、弟弟、女佣阿見好嗎？黃狗烏嘴好嗎？「叻沙」和「沙爹」好嗎？檳島的山水好嗎？家，想著想著；淚，流著流著，最後倦極睡去。

　　明早明午，是為功課忙碌的時刻。

　　如果還想家，那已是明晚的事了。

家書

　　還有什麼比家書更教遊子雀躍萬分的？雖然不是烽火連三月的年代，但隻身在外，收到大小平安，請勿掛念的家書，也值得千金萬金！

　　我是相當戀家的人。因為離了家，才領悟到以前在家時的千般好處，而人世間，也只有家才有真正的溫暖和美好。

　　所以住宿舍時，交誼廳牆上掛著數十排的小格子，每個格子都寫著寢室號碼。這就是我們寄宿生寄放鄉音之處，也是我常流連的地方。

　　派信時間一到，頭便往那兒探。大一那年，有封家書，室友皆羨妒。要等到大二後，羨妒的對象才改成情信。

　　老媽識字不多，信多由姐、弟代筆。老爸按月寄生活費，慣例附上短箋，電報似的說說家中無事和賺錢不易。

　　有一回，我等了個把月竟無片言隻語，就提筆詰問。老爸回信是先斥責我一頓，因家人都為生活或學業忙碌。末了，又是一番鼓勵和別太牽掛。

　　離鄉背井而又心情低沉時，家書是安魂帖。而我曾夢見不祥，家書又成了驚風散。夏菁的詩句：「家是一個──當聽到簷滴，就會使你鼻酸的地方。」那家書，便是心靈的小傘吧！風前雨中，教你保有一份鎮靜和放心。

　　家書報喜不報憂，已成定律。為免對方擔心，所以撿些好消息報備，比方說天氣轉寒或睡過頭趕不及上課，哈哈。

　　所以家書始終是最美的文字：含蓄、體諒，而且溫暖。

飯碗和計算機

　　雙親都是小販，所以用錢得絕對儉省。兩三百元馬幣的生活費，確實只夠溫飽。可是，街可以不逛、戲可以不看、旅遊可以推掉；書局裏的好書，汗牛充棟，不能不買啊！

　　於是，為了買八冊《蘇軾全集》、一套《紅樓夢》最新校注本，再買余光中、楊牧、馬森、白先勇、黃凡、傑克倫敦、紀德、卡夫卡和安部公房等的著作，嗚呼！把米飯菜餚換成白水麵包吧。

　　前天麵包。昨天麵包。今天麵包。明天麵包。後天麵包。算算日子，離匯票飛來的月底還遠著呢！這時，才真正領悟「三更有夢書當枕」，白日沒錢啃麵包的滋味。

　　像我這種吃飯要用計算機，看廿八元臺幣折合馬幣多少，而買書不必的窮學生，注定要多動腦筋，想法子賺些外快。有人要請兼職秘書，管他英文書信或商業用語通或不通，幹了。有文學創作比賽，只要安慰獎可以換得幾本新書，幹了。系裏也有獎金：書卷獎、優良僑生獎等，把成績考好是本份，更是幹了。

　　要什麼，便得付出勞力去爭取。我的領悟就這麼簡單。因此，有人說：嘩！你有才華，創作頻頻得獎；嘩！你很用功，獎學金年年入袋。我心想：是嗎？

　　四年大學，所學有限。最大的收穫，莫過於海運回馬三十多箱藏書。其中有些典籍，是留待將來翻閱的，因為讀書是一輩子的事。所以當初餓著肚子買書，如今回想，仍舊十分值得。

書蟲的寒假

　　窮學生好買書，結果就是：肥了書架，瘦了腰圍。但只要讀出滋味，肚餓幾天，當然也無所謂。人生營營碌碌，並沒有多少年月可以挑燈苦讀，有機會自當把握。

　　我平時為功課繁忙，甚少時間翻閱課外的文學典籍。一天六、七小時的課，從清晨上到黃昏，已是相當倦累。加上要溫習和準備課業，每天凌晨兩點後才就寢，絕無精力和時間顧及其他。

　　大一寒假放了將近一個月，正是猛啃小說、細敲詩歌的好機會。年頭天寒地凍，捻燈捧書，整天窩在床上，也是一樂。於是，把平時買了沒空讀的書，一一咀嚼。

　　新書讀完，就借。宿舍裏住著的學長，只要沒回家的，我都登門叩借。學長說：你要哪些就拿；有借有還，再借不難。我去了一次又一次，直到想看的書借完為止。

　　志文出版社的《新潮書庫》與遠景出版社的《世界名著》，是當年翻譯外國名著最多的系列：福樓拜、左拉、莫伯桑、福克納、莫里哀、托爾斯泰、杜斯妥也斯基、契可夫、海明威、喬埃斯、賽珍珠、馬拉末和馬奎斯等，都網羅成集。

　　對知識如渴如餓的日子裏，我囫圇吞棗，但也讀得愜意。每天早起，必然冒著寒意去盥洗室照照鏡子；嘿！又英俊不少。然後蹓回溫暖的床，蓋被翻閱。

　　一個寒假下來，算算所讀書目，單是小說就有二十多本。我的小說鑑賞與創作根基，是在那時候打下的。

驚艷

　　我靜靜的看著她。栢楊先生滔滔不絕、林綠博士冷嘲熱諷，兩個專題演講，十分之九我沒留意。我只是靜靜的看著她。

　　我喜歡靜靜的坐在醉月湖畔，看荷花朝開暮合，聽偶爾的一兩聲魚躍。但我從沒這樣靜靜的，處在一個團體中用心，卻又擔心驚動什麼似的，看一個如此清秀的女生。

　　她也真靜，靜中帶些玲瓏的涼意。像初春，像露珠中的新抽綠。還是《東坡樂府》那兩句最好：冰肌玉骨，自清涼無汗。

　　不豐腴。黑長髮。白裏透紅的膚色，臺灣少女的專利。但她家住新山，畢業寬柔，念臺大外文系。1984年4月12日，我們在臺北耕莘文教院的文學工作營相遇。我等了許久，才逮到一個機會。她負責推銷《馬來人的困境》和影印本《大馬憲法》，我各買一冊。

　　後來有較多的機會見面。我請她去「大聲公」吃粥，她在我生日時送一束四色玫瑰。在碧潭輕泛的舟子，她點了點頭。仍舊是靜靜的，感覺卻立體得像洶湧的狂濤。那是1984年6月1日，我會花一生來回心。

　　接著，是我畢業離臺，她繼續深造。四年過去，離多聚少，我們在歲月裏成長，情感在風雨中考驗。年少的黑髮已披上些許風霜，等待的情懷，依然存在。

　　我心中的一股清泉，已緩緩流成一溪澄澈。而水，是有記憶的。記得此生此世，唯一想娶的女子。

在那含蓄的年代

　　我的父母都是很含蓄的人。也許，是因為他倆都生活在那含蓄的年代，人們真的不擅言語。

　　念大學時，有位教授要我們自由談論對感情的看法。不知怎的，我們扯到父母的婚姻。一位臺灣女同學說：我雙親一旦意見分歧，必會找個時間坐下來，面對面分析解決。我心裏很羨慕，嘴巴卻說：不可能。我父母一旦意見不合，十之二三吵架，十之七八黑臉。——那時候，她不能了解我，我也不能了解她，只因為我們的父母，性格不同，教育背景也不一樣。

　　而十多二十歲，正是只相信嘴耳，而不懂得利用眼睛和大腦的年齡。雙親對我們的關愛，往往行動比言語表現得更多。但我們覺得：凡事點頭微笑的父母，一流；凡事嘮叨阻礙的，討厭。他們的叮嚀，我們當作囉嗦；他們的操心，最是多餘。至於噓寒問暖和為我們順利成長而付出的辛勞，我們更是無感無知。

　　我的父親最是沉默寡言。尤其對成長中的兒子，他更少於交談，彷彿教育與督導的責任，全由母親包辦。一旦兒子犯了大錯，他極度生氣或傷心，也只是叫兒子跟隨身後，走一段長長的路，間中夾帶三言兩語的訓話。據母親的解釋，是父親力大，擔心下手失去輕重。

　　但自我懂得思考和分析好壞後，我發現：父親在無言的行動中教會我許多人世間的道理。而他意簡言賅的話，其實也包涵許多意義。

　　我小學五年級那年，面臨檢定考試，父親沒嚴加督導，也無鼓勵打氣。考試前一天，他只是耳提面命；記住八個字：膽大、心細、眼明、手快。——廿年了，這八字訣，我不曾忘記。

　　父親的關心就是這樣，像一顆橄欖，要細細咀嚼、緩緩品味，才能體會那份回甘。如此含蓄的表現方式，確實使我們的成長較辛苦些。但一旦明白，就會終身感激。

　　近讀《中國當代實驗詩選》，有個年輕詩人寫了首〈父親與我〉，其中有這麼四句：

　　　我們走在雨和雨
　　　的間歇裏
　　　肩頭清晰地靠在一起
　　　卻沒有一句要說的話

　　這正是我的感覺。我和父親，話題不多；如果相聚，卻有最真實的放心與溫暖。所以讀這四句詩，我的感動，不下於當年讀朱自清的〈背影〉。

　　今年三月，母親決定為父親慶生。這是我懂事以來，父親的第一次慶生。可惜我工作在外，無法回家為他祝賀，因此心中一直耿耿於懷。

　　我只能寫這篇文章，訴說我對他，以及他那含蓄的年代的謝意和懷念。

老爸

　　大姐是教師。去年年底，她申請回返故鄉檳城執教獲准，自是雀躍。但她被派去上任的學校，據說在威省和吉打州的州界，沒有電話，沒有交通燈，只有一條大馬路。

　　過兩天就開學了，正式通知書仍未寄到，大姐急如熱鍋上的螞蟻。最後，只好決定親自到那家中學詢問。

　　可是，問題來了。那地方從沒去過，只曉得離我們住的檳島有一個小時多的車程。至於東西南北，天知道！

　　老爸自告奮勇，聽到大姐難題的翌日，就駕車載她去。我和老媽閒著沒事，當了跟車的。

　　車子七彎八拐，時而穿越膠林、時而馳過稻田、時而路經小鎮、時而駛過「甘榜」。對每一地點，老爸都用很「老友記」的口氣介紹：這裏是什麼名字、下去有個三叉路……我對老媽說：記憶真好。

　　再過幾條河幾道橋，到了。偏僻是偏僻些，但學校還是蠻大間的。老爸這樣安慰大姐。

　　回程老爸竟用了另一條路。這次景色又有不同。但老爸仍是盡責的指點，像個導遊。嗯，這條路雖長些，但村鎮較多，會比來時的安全，所以不妨走這條。他解釋。

　　最後，我們安全回到了家。

　　那晚老爸外出了，三弟才回家。一開口就對大姐說：

　　嘩！妳真偉大！老爸昨天聽妳說要去探問，放著生意不做，駕車外出，花三個小時，一路停停問問，去找那個他從來也沒到過的小地方。

兒子的新衣

　　老媽很少買新衣。若有，那是買給兒子穿的。老媽的二兒子，女友如影隨身，所以衣著再也不必她擔心。

　　而大兒子我，懶且髒亂，錢都花在書籍與酒上。人都三張沒得找了，但老媽看過我買衣的次數，三根手指還有剩。

　　我總覺得；買衣是女人家的事。婚前由老媽操心，婚後輪到老婆，天經地義。老婆自不必說，誰不希望自己的丈夫穿得亮光體面？而老媽，生兒子是很大的成就，打扮兒子更有洋洋自得的滿意，為什麼不讓她的這份感覺，保留多幾年呢？畢竟，她終有一天是要失去的。

　　老媽的買衣熱心，往往教我消受不了。我喜歡淡雅單純的顏色，像藍、白或灰。老媽說：土。老的要命。因此，她買花、紅、綠的，很有朝氣。套句中國大陸的用語：「港味十足」。

　　有一回，我狠下心腸。好，迎合觀眾口味，來三件粉紅色的。老媽自是樂扁。我的朋友呢？一個跌破了眼鏡，另一個笑到後腦開花。

　　年去年來。從告別尿布的兩三歲，到接近而立的三十，連買衣都要老媽代勞，真的慚愧。可是命中註定，本性難移，老媽也沒話可說。她只能偶爾嘮叨：還不趕快娶老婆？

　　其實，老媽是知道的：這個兒子不看重外表。一個頭髮和鬍子都要別人經常提醒剪剃的兒子，衣著方面又能要求他什麼？一條讀大學先修班時穿的T恤，帶去臺灣，讀完大學後又帶回來招遙過市。生出這樣的兒子，她只能搖頭。

　　近兩年在國都工作，一旦回返檳島，必定只拿兩三件衣服，然後又輕裝離去。

老媽屢屢埋怨：給你買了不少新衣，從沒一次拿來穿或帶走！

我笑了笑，沒答她。

——老媽，如果我穿著或帶走，肯定您又會買新的。如此周而復始，兒子我可以開時裝店了。

節儉的習慣，來自老媽的無言身教。

大兒子的婚事

兩個兒子，大的比小的麻煩。

老媽自從十多年前領悟這個大道理後，一切都看得很開。兒子長大了，生活瑣事都任隨他意罷！人各有命。髮鬚長了、被枕凌亂、遲睡遲起，都交給將來的媳婦。管教廿年仍是這副德性，也許媳婦有現代科學方法，可以化腐朽為神奇，教育成功。

老媽既然寄望媳婦，兒子婚事因而非同等閒。她挑媳婦的條件並不苛刻，只要白白胖胖，兒子合意，便算及格。但有一點很重要：這個燙山芋一定要早點接走。換句話說：媳婦要儘早下嫁，否則老人家無法稱心如意。

可惜人算終究不如天算。兒子千挑百選，選的雖絕非壞龍眼，但一來住得遠，二來嫁得遲，老媽就算跳得像蚱蜢一樣高也沒用。這個未過門的媳婦，兒子是要定啦！這個燙山芋，看來還得讓老媽燙手一段時日。

你老爸廿歲娶我，廿六歲作了四個孩子的父親。你呢？快卅歲了，八字還沒一撇！老媽顯然相當懊惱。幸好她沒搬出「男大當婚」「不孝有三」等要命的老套，否則我頭大如斗。

老媽不太能瞭解：麗娟畢業返馬，已經獨立自主，為何還不嫁給我兒子？麗娟也不太能瞭解：剛剛畢業返馬，應多陪伴雙親，何必急忙嫁您兒子？但，最不太能瞭解的，還是我：為何婚還沒結，就得夾在兩個女人之間，左右都不討好？

其實，真心加一點無奈的說：我很同情她們。一個難為，一個為難。可是深夜轉醒，又不禁自問：誰來同情我？有一回，我婉轉的告訴老媽：讓麗娟和我慢慢計劃和詳談，婚姻這事──

老媽打斷：小孩子能談出什麼結果？讓我和你老爸去提親！

　　媽，我們已經不小了。我好想駁回。

　　但老媽微慍和焦急的神色，使我動了憐憫之心。我把話吞將回去，只在心裏嘀咕：

　　媽的，我們已經不小了。

回家的方式

　　我很喜歡回家，可惜到吉隆坡工作後，一年只能回那麼幾次，一次只能回那麼幾天。

　　所以，每次回家總是十分珍惜在家的時間：不是要事不出門，不是好友不見面。久而久之，竟培養出一些習慣來。

　　回家第一天，除了和家人，絕對不外出。又分開了好一段日子，讓我聽聽母親說她外孫女的得意事，說這小傢伙怎樣聰明怎樣壞。然後靜靜觀察母親氣色如何、胃口如何，以及簡略報告我最近的生活。

　　接著；便是我們姐弟幾個邊吃邊說，關於工作和雜碎。話題不多時，我們就留在大廳，觀賞電視、看書、假寐或顧孫，各做各的事。

　　臨走前一天，除了和家人，絕對不外出。老媽最知道兒子的胃口，所以一定要我撐飽才上路。於是，這一天不在家吃飯便是罪惡。老爸例常用他電報式的問答招呼：幾時走？買票了沒有？嗯。

　　──古人十載寒窗，遂了心願，就為官職終年奔波在外，有時連歲暮都未必有機會回家團圓。「功名半紙，風雪千山」，就是這樣的感嘆。蔣捷詞：「中年聽雨客舟中，江闊雲低、斷雁叫西風」，最是悲愴無奈。我未到中年，為口忙碌的漂泊卻是略有體會了。

　　而這世間，遊子很多，一定也和我一樣：很想家、很想回家。可能，他們亦會擁有一些回家的習慣。

　　那便讓我們一起來禱祝：當我們不在家時，家人都溫飽和歡笑如故。

Part-Time爸爸

我不怎麼喜歡這個稱謂，但別人既覺貼切，自己也無話可說。

他們叫我「大眾爸爸」（這教人想起花心蘿蔔「大眾情人」和夜總會裏的「大眾媽咪」）、「代理爸爸」（這年頭什麼都能代理，爸爸當然也不例外）、「鐘點爸爸」（這名詞倒還新鮮，但「鐘點女佣」閣下必曾聽過）。無可奈何之下，我也給自己取了個外號：「兼職爸爸」。「兼職」者，Part-Time也。

工商社會發達，托兒所的生意蒸蒸日上。Part-Time媽媽為人作嫁，在尿布與奶粉間奔波繁忙，偶爾昏頭轉向，錯把安眠藥當巧克力，送給別人的啤啤仔吃。當然，我這種Part-Time爸爸，與此行業無關。

我管的是一間男女學生宿舍，以及一大群十二到十八歲之間的孩子。宋朝有個老頭叫辛稼軒，在一首詞說自己老了，但「老翁也管些兒事：管竹、管山、管水。」我管的事，比他正經，也比他繁多瑣碎。我管的是衣食住行，還管學業、健康和廁所衛生。有時煩雜之事管多了，會想起聞一多〈洗衣歌〉裏什麼都洗的洗衣人；而我，是什麼都管的Part-Time爸爸。

其實，我倒也真的適合當Part-Time爸爸：有個小男生因想家而哭了一星期，我會心痛；有個小女生因考試只得五十分，老師打她，所以哭著吃不下飯，我會心痛；一個大男生，不管飲食衛生，連吃四碗飯，結果猛拉肚子，我會心痛；一個大女生，感情受了挫折，和父母又有代溝，好幾天悶悶不樂，我會心痛。

當然，我也有快樂的時刻，比方和他們賽跑比球、聊天鬥嘴。除了聊天，其他各項，我樣樣皆輸。

　　他們會拍手笑道：「老師，你老──了，不行啦！」我心裏只有猛罵「媽的」的份兒。

　　每個週末，許多家長親自來接兒女回家。看他們高高興興的蹦跳著上車，手一揮就絕塵而去，我心中有點小小的感觸：

　　──畢竟，我這個「爸爸」，只是Part-Time的。

哭泣的兒女

學校宿舍新近落成，不少寄宿生遷入。這些剛離開溫暖家庭和慈愛雙親的孩子，對新生活一面好奇興奮，一面又覺得百般不習慣。

最初幾天，原定是十時卅分熄燈就寢的；結果，燈是熄了，覺卻不睡。待得三催四請，哀求及恐嚇（「不睡的話，明日洗廁所！」）兼而有之，午夜過後，才眾音寂寂。——當然，也有三更聽漏聲，睜眼到天明的。

三月又是炎熱難耐，大的還能適應，小的病倒幾個。不病倒的，則思家殷切，輾轉難眠，早上才在課堂上打瞌睡。我看著心中憐惜，但既離家，就得學習自立，逐步捨棄依賴之習。所以，生活作息表按照計劃執行。

有個初一男生，搬進宿舍五天，天天打電話回家。某夜自修課時，竟然趴在桌上哭了。追問之下，才知道捨不得爸爸媽媽。上課日原本是不准回家的，但他父母接回去住了一晚，才送來學校。

某個夜裏，我吹熄燈哨子，巡過宿舍，正打算沖涼就寢，他突然跑下樓來叩舍監房門，眼圈是紅紅的。「我可以找您談談嗎？老師。」他問。他想知道的，是如何習慣宿舍生活，怎樣才學會不想家。我們談了半小時多，他才回房睡了。

還有一位讀初一的女生，是博士的女兒，因為父母雙雙要到外地去，她週末沒得回家。所以，自修課時想著想著，俏俏的小臉蛋就要悄悄的下雨了。問她，又不太願意說。結果，搖了通電話，聞知她的博士父親答應帶她同去，隔天一早，又陰霾掃盡，嘴尖牙利起來。

比起這些可愛的小兒女來，我算是幸福多了。待到上了大學，我才真正嚐到離鄉背井、隻身在外的滋味。箇中甘苦，不足為外人道也。

　　這些哭著想家、想雙親的小兒女，教我憶起在臺北，讀著「床前明月光」和「那是哭著要回去的月光」的年歲。那段日子，午夜轉醒，枕旁漉濕。如今，他們的心情，我怎會不感同身受呢！

惶惶宿舍

午夜，電話突然頻頻價響。我接了一通又一通，都是家長掛來的，都是同樣的問題：「安全嗎？有沒有危險？」彷彿，暴雨狂風欲來，宿舍這汪洋中的小島，教人特別擔心。

我提著長長的木棍，在校園巡視一遍，又登上宿舍五樓往秋傑區遠眺，希望探得一點端倪。兩百多個寄宿生呢！小心謹慎是最重要的。

夜涼如水。凌晨二時，電話鈴聲從焦急變成催魂。黑夜那一頭提心吊膽的父母，都為自己子女的安全而失眠。我提醒守夜校工要額外留心後，回望宿舍。這美麗的建築，似乎也有忐忑的焦慮。只我曉得，兩百多個孩子，睡得正熟，夢得正甜。

凌晨三時，遠處彷彿還有沉悶的槍聲。我掛了電話去星洲日報與南洋商報，答案只有一個：詳情不知，局勢還不明朗。

凌晨四時，我坐在欄杆上看著吉隆坡的夜空。心想：夜，還長著。

那是1987年10月8日。

我憶起十八年前的某個深夜，母親把我從睡夢中叫醒。我睜開惺忪雙眼，發現左鄰右舍都聚到我家大廳來了。女人攜帶細軟，男人手握刀棍。夜，像一頭驚惶失措的小鹿。

那年，我才十歲。

曾幾何時，緊握木棍的手，變成我自己的？十八年後，輪到我用明亮的雙眼和疑懼的心情，探測夜色的虛虛實實。為什麼呢？

我凝視著宿舍，暗自祈求：讓我們的下一代，遠離這些人為的災難罷！

賭徒與釣叟

有個夜晚，和朋友老黃淺酌聊天，談到個人理想與事業成就。

我們把理想視作一場賭博。一生只有一個理想的人，就像一個一次押光本錢的賭徒。這種人不是大悲就是大喜，他看待抱負的態度是置之死地而後生。另一種人有許多個目標，他把賭注分幾次下，慢慢的試探，細細的算計，尋找致勝的時機。這兩種賭法都可能是豪賭，只是輸贏的手法不一樣。

我們又把事業成就比喻成魚。有人不眠不休的垂釣，魚竿動也不動；有人隨意下餌，卻撈到一條大的。有人胸懷大志，汪洋釣鯨；有人孤高傲岸，獨釣寒江。我們品評人物：首相釣到一條特大號的；校長的則不大不小。最後，我們捫心而問：自己的呢？釣竿魚餌皆齊備，只等答案而已。

老黃喜歡在輪盤邊緣，押大小、押紅黑又押號數。這頭輸了，那頭還有希望。他喜歡在大海上釣大魚，不管是鯊是劍魚是魔鬼魚，只要大的就好。而且他的長線不是按一個鉤，他放十個八個。你說他貪心嗎？他滔滔而辯：才不；這叫「靈活」。

和他相比，我是死心眼。看清自己的性格與興趣後，我只狠狠的賭一次。押下的，是我全部的時間和心力。將來掀開怎樣的底牌，不是我能預見的。而我也只守在一座深淵釣一種我要的魚；其他的，一概不要。

我想，如同世間萬事，這兩種看似相反，其實殊途同歸的態度，並沒有好壞的價值判斷。而這輩子，倘不想白活，我們便得賭，便得釣。管他豪賭小賭，是一次搏殺或投石問路；管他大魚小魚，是獨沽一味或機會主義，只要我們肯下注、肯放線，生命就有了意義。

夜色邊緣

我們離去時，天色已逐漸轉黑。那巍然屹立的龐然大建築，傲視周遭，使擁擠川行的人群與車輛，更顯得渺小和微不足道。

「去瞻仰『大地鴻圖』的風采罷！」三弟說：「到吉隆坡，不走一趟，彷彿有虛此行。」我當然同意。他正等待大學公佈錄取名單，趁空遊覽，我權當識途老馬，帶這位檳城客逛逛了。

他來的那晚，我們長談。「升上本地大學的機會有多高？」我問。「因為分配額的問題，」他淡淡的回答：「讀醫科的可能性很小。」

「外國呢？」「印度、臺灣和紐、澳都寄了申請表格，但還沒消息。」雖是長途勞累，他卻有些容光煥發。「很想出去看看呢！如果得到臺灣的醫學系，文憑既不被承認，可能就不回來了。」

我聽完默默無言。六、七十年代的留學心態，如今愈演愈烈。但三弟是個優秀的青年，他應有自己的理想和選擇。

接著，他提議大地鴻圖之行。也許，在他心中，它除了外觀雄偉、設計新穎，該還有某種象徵意義。我邀他先到大地鴻圖毗鄰的中央藝術坊，因為裏頭有不少值得一看的東西。

我們抵達中央藝術坊時，約下午三時多，炎日猶烈。藝術坊外，五十年代的破舊雙層店屋鱗次櫛比。背後則是筍冒的高樓大廈。藝術坊的外形，頗像船塢或大穀倉，顏色是不搶眼的淺藍夾白。

一入坊內，三弟就喜歡上那份悠閒淡雅的氣息。各族人客不少，但一點都不喧吵，彷彿大家早有默契，誰也不願破壞難得的詳和與安寧。

攤格和小店舖擺賣的，多是五花八門的藝術品：克利斯（馬來曲劍）、吹筒、峇迪、黑陶水壺、古玉、木雕、掛錶、鼻煙壺、

各色各類的繪畫、玻璃裝飾品和藝術磁磚等。當眾揮毫的長髮畫家引人注目，油料炭鉛的媒介自由塗染，在他們手下勾劃出豐碩的國度。另一個焦點則是那尾巨大的刁曼魚，長得畸型，在水族箱內閒哉閒哉的浮沉。膚色不同的同胞，三五成群，一一瀏覽精美的手藝，或讚嘆、或好奇，皆有心滿意足的喜悅。

「拍張照吧！」我和三弟說：「以這安和靜謐的色調作背景。將來去國，也是留念。」

我們稍作逗留，跨出大門往大地鴻圖走去。邁過一道短短石橋，我們就身在它腳下。行人漸少，只有三五巫族青年坐在橋欄和石階上閒聊。

三弟抬頭仰望，臉上流露驚嘆的神色。雪白的四壁裝飾千萬的風孔，自成圖案。挺直沖霄的線條，隱隱蘊藏破雲的氣概。傲視群倫的威武，在底下踽踽經過的小民心內成形。夕陽拖長了大地鴻圖的陰影，像蒼鷹的巨翼，遮蔽許多建築和人物。

「進去它的內部觀看構造罷！」三弟建議：「應能得到不少的了解和參考。最好是登上頂樓，體會一下鳥瞰的樂趣！」

我們走入地下停車場，穿過百貨公司，登上底層的商品中心。逗留在麥當勞、馬來餐廳和日用品店的人並不多。我們尋索了十分鐘，仍找不到踏進大廈中心的門路。三弟和我都覺納罕。也許某些封鎖的走道和門戶，就是升上頂樓的途徑，可惜此路不通。最後，我們由旋轉梯回到地面。

三弟雖覺遺憾，但遊興不減。我們繼續在二、三十公尺高的拱門與玻璃門之間蹓躂。拱門是回教堂的典型設計，成了大地鴻圖落腳的支柱，華美而鞏固。玻璃門與拱門齊高齊闊，像神話裏的宮殿大門。墨綠光亮的玻璃，透露莊嚴和深沉。它所反映出來的物象，時而明晰，時而模糊，教人分不清虛實。

「趁光線還亮，再照幾張相也好。」我說，雖然明知自己的九流攝影技術，怎樣也拍不出大地鴻圖的內涵。此外，我們離它太

近，容不下全貌；離它遠了，人又變得渺小。不知怎的，我突然忐忑，彷彿無法抓牢某樣原屬於自己的事物。

我沒告訴三弟這份朦朧的想法。不論是誰為誰拍攝，我們都用最大的努力，企圖把人和這座大廈，貼切的組合在一起，構造一幅位置合理的圖照。

離去之前，我們坐在長階上稍作休息。西天殘存餘暉，仍舊烘托大地鴻圖的巍峨傲岸，照亮它君臨天下的氣勢。另一頭，馬來亞銀行總部大廈粗細不均的身姿，也依然輪廓清楚。

當我們最後一次環顧四周，許多還未溶入黑暗的角落，也已漸次模糊。

火浣的行程

　　凌晨四時，我們緊握彼此的手。你的學生圍繞著我們唱〈流放是一種傷〉，微顫的聲音和著他們的眼淚流出，黑暗散佈四周。溫任平、游川、方昂、小曼和姚新光已經離去，步伐略帶醉意。從黑夜到黎明，我們喝了不少。你那些學生，酒沒多沾，歌卻不停的唱，無一不是動聽的曲子：游川的〈海〉、潘雨桐的〈星夜行程〉和溫任平的〈流放是一種傷〉。我們就用年輕的歌聲下酒，他們唱得感動，我們喝得苦澀。但我們確實痛快。因為心痛，杯子乾得很快。燈火逐漸闌珊，我們炙燙的淚再也忍不住從赤熱的心流出，溫暖海風吹冷的雙頰。

　　那天凌晨四時，我們流著淚，緊握彼此的手。

　　夜，漆黑且冷。

　　1988年6月17日晚上8時，游川、方昂與我自吉隆坡梳邦機場飛抵新山士乃，再由馬漢的公子孫彥哲接往新山。這年輕人翌日註冊結婚，但仍為著「端午詩節」活動的準備工作奔波。「你不怕尊夫人責怪啊？」我們打趣問他，其實心中暗自喝采。入宿酒店放好行李，見到小曼，然後到瓊州會館。你那時帶著學生練唱，破舊的四壁彈回美麗的音色，新柔海峽在數十碼外，息了濤聲靜靜聆聽。下午抵達的溫任平，光采如昔；素昧平生的姚新光，喝酒之後才熟絡起來；而你，忘了三年前曾與我相遇。這又有什麼關係呢？只要我喜愛的人依然安健。合唱團以掌聲迎迓我們的蒞臨，但最美的，還是他們的歌聲。

　　回到酒店，夜猶未央，我們就轉移陣地，去左近的酒吧坐坐。大家談興甚高，話題在詩節活動與文學範圍兜轉。不輕易許諾的溫任平突然說：「馬華詩壇沉寂太久了，我們應從長計議，再次

出發！」腦筋靈活的游川立刻提出具體建議。後生小子的我，則頻頻點頭。溫任平是舉大纛的人物，停筆甚久，大家對他自有期待。為他這句豪語，我們舉杯一乾而盡。冷冷的酒下肚，炎炎的血沸騰，我私自度量：南下之行，開始有了收穫。接著，就是你訴說對屈原的熱愛。緩緩的聲調，沉重的語氣，像為某種典型的傷逝而嘆息。你把屈原的文字，譜進自己的第一首曲子，彷彿要唱回那湮遠年代的浩然正氣與驚心動魄。「我想聽聽你們對屈原的看法？」最後你問。游川與我意見相似：他是中國知識份子的模範；溫任平和方昂不敢遽然回答，因為他們瞭解屈原在你心中鉛重的份量。回到酒店，自高樓鳥瞰：新山的燈火閃爍但疏落，像一首節拍緩慢的夜曲。我突然想起小曼哼〈傳燈〉裡的歌詞：「每一盞燈是一脈香火，把漫長的黑夜漸漸點亮。」臨睡前我把窗子敞開，圍繞四周的，是溫暖的氣息。

當你指揮廿四面節令鼓時，夜遂驚動起來。事後憶起，鼕鼕之響仍徘徊耳側，縈繞不去。也許是首演，鼓並沒擊徹它應有的氣勢，教天地變色、鬼神疑懼。三排各八面大鼓，由學生拳槌，提起和揮落的嚴肅神情，就足以教人感動了。而你故意倒穿衣服，突出「鼓」字和背對觀眾掌握頓挫的身影，也隨著鼓聲壯大，彷彿可以立對山岳，又像臨風振衣。溫任平看出你的用心，游川的熱淚無聲流下。我則暗忖：你是暴雨裏舞千斤巨斧的漢子，沒有跌宕胸懷，你瘦小的肉軀絕對經受不起重重壓力。事實也真如此：聽你譜的曲子，除了憤恨無奈，還有磅礡氣勢。再看你擊鼓時的投入，又誤以為有隻鼓魂，遙迢千年復越洋萬里，在那時刻上了你的身。晚會幕落前，詩人的獨朗和你指揮的大合唱成為壓軸。我朗〈驚魂〉，沒有溫任平的莊重文雅、游川的豪情干雲或方昂的談笑自如。我的速度因心跳而加快，只因你的鼓聲再次令我驚魂。我們都是風雨裏趕路的人：你的音樂、我的文學，甚至小曼的漫畫和姚新光的相聲，不同的藝術面貌，卻流著同樣的熱血、跳著同樣的脈搏。是的，我

們都在趕路，和許多默默耕耘與播種的人一樣，藉著彼此的體溫，趕一段火浣的行程。

　　也許有人不能了解，就像他們不了解你我三分醉意後要抱頭痛哭。我原是不輕易流淚的，但那晚堤邊暢飲，我再也禁不住盈眶淌落。午夜的風是冷的，只有我們的心和淚，熱得如此真實。當你緊擁我，說你後悔這些年沒盡力而為；我回答你的，是這些年你已做得很好、做得很好了。小曼和溫任平也有沾襟的難過：這些年我們壓抑得太多，就藉此刻坦蕩真誠、直率流露所有的陰郁。我緊緊抱著你，像抱著我現實中失意落拓的親人，但你的所作所為，我又是那麼驕傲。所以聽鼓時我沒低泣，朗詩時也沒泫然，卻在你炙熱的體溫裏淚水決堤。「不要這樣。」我說，其實自己也無法信服：清平盛世，誰要這樣？誰要黯然提筆、長歌當哭？游川與陳雪風在旁勸慰我們，沉重的心跳一定不斷嘆息。滴酒不沾的謝川成，則清醒著痛苦。那當兒，我們見到最真實的彼此。夜，愈發黝黑了。長堤只剩幾盞燈火，夜空仍有星的明亮。方昂、丁雲和秦林已回酒店休息，我們幾個和你的學生，卻眷戀這樣的時光。「我們要互相勉勵。」最後不知誰說。凌晨四時，我們緊握彼此的手，你的學生在四周低唱：

> 我真抱歉
> 我不能唱一些些令你展顏的歌
> 我真抱歉
> 我沒有去懂得，去學習
> 那些快樂的、熱烈的、流行的歌
> 我的歌詞是那麼古老
> 像一闋闋失傳了的唐代的樂府

「我們要互相勉勵。」上了飛機，我仍咀嚼這句意味深長的叮嚀。沒有相惜和互祝對方珍重的真心，肯定沒有這樣的熱忱期望。我們還有許多事要做，要去奮鬥和爭取，雖然領域不同，抱負不一，但都因為這個國家，因為這個多災多難的民族。

七月上旬游川與我放帖邀酒，姚新光、小曼和陳雪風都到了，只有方昂和你沒來。小曼攜著你的短箋，酒樽開瓶我們讀信：

「有心的人，才會真笑；有心的人，才敢真哭；有心的人，才肯掏心。掏心的您們，請接受美麗又高大的人，為您們在南方邊域掏的心！」

我們以信下酒，也為南方邊域的你和北地島嶼的方昂舉杯。這年代，我們不只是悲哀和憤怒，還要將坦蕩無悔的胸懷，化作一股氣勢、一份豪情，可以直視黑暗，擎起乾坤！我們不想自憐自怨，當風急雨驟、夜色如漆，我們要學文天祥「鏡裏朱顏都變盡，只有丹心難滅」；要學譚嗣同「我自橫刀向天笑，去留肝膽兩崑崙」；要學秋瑾「一腔熱血勤珍重，灑去猶能化碧濤」，那種趕火浣行程，誓不愧天地的本色！

——兄弟，乾！

電單車

　　家道中落後，父親改騎電單車。縱使後來經濟條件好轉，他也不曾動過買汽車的念頭。一輛氣喘如牛的豐拉五十CC，他騎了十多年。最後，真的破爛到無法行走了，剛好大姐大學畢業，調去砂拉越執教，父親就接管了她那架不知是幾手貨的豐拉七十。十年過去，如今三弟赴新加坡大學就讀，他的舊機車也轉讓給父親。

　　父親的另一頭家在威省，他的小販生意也在那兒。因此，一星期總有兩三天，他會騎著電單車，過海來探望這一頭家，順便買辦補貨。歲月流逝，他兩地來回的路線，已成了他臉上交錯縱橫的皺紋。

　　他每逢週三休假，唯一的娛樂是看電影，一天可以趕兩三場。如果有一天，你在檳島的麗士、首都、國泰或奧迪安戲院附近，看到一位長相平實，五十歲上下，騎著一輛老舊電單車的男人，請和他打個招呼。他也許是我爸爸，可能是別人的；不要緊，只要是為兒女奉獻過一生的人，都值得我們尊敬。

　　父親把平實作風傳給了兒女。我們兄弟姐妹，生活過得溫飽就別無他求，這是父親的無言身教。

　　我也有一輛電單車，騎了十二年，如今還要它辛勞。我並非戀舊，只是學習父親為人處世的道理：

　　清白和自尊，是安份守己者的財富。

二弟婚禮

二弟新婚，最高興的，當然是媽媽了。

照華人傳統：結了婚的男人，才算真正長大，可以獨立了。

我的終身大事，去年終於吹鑼打鼓的舉行，媽媽鬆了口氣。因為這個問題兒子，這個曾經令她頭疼了卅年「燙山芋」，終於可以脫手於人，教另一個女人去擔心和煩惱。

二弟，卻是她兩個寶貝兒子當中，最乖和最長進的一個。這次大喜，表示兩個兒子都已成家立業，她小小的、沒什麼凌雲壯志的心靈，從此可以放下大大的擔子。

當然，她的依依之情，我也十分瞭解。就像一位一流的藝術家，看到自己最得意的兩件傑作都有人搶去，除了歡喜莫名，也有幾分不捨。

二弟在我心目中，確實是一流的。

他是個盡孝盡責的兒子。老大身在國都，忙七忙八，一年難得幾天在家。事親重責，就落在他肩上。在工作上，二弟力求上進，不到卅歲就已是經理級的人物。奉養母親，他更是絲毫不曾忤逆和放鬆。

媽媽五十已過，但她練外丹功學交際舞，也和友人Morning Walk，登山健步如飛，比兒子更行。所以，她青春長駐，活力充沛。我說：二弟功不可沒。

媽媽以孝傳家和二弟事親至孝，都足為典範。

我始終相信：孝順的兒女，不會做對不起家國的事。

這個簡單但意義重大的信念，正是我要借二弟新婚之日傳達的訊息。

命名

　　第一個孩子即將來臨，命名當然令人傷透腦筋，有時也令夫妻傷些感情。

　　我的第一選擇，當然是「傅坦」，理由已在詩作〈寫給將來的兒子〉闡明。第一個反對的，也如同預料，是我可愛而又很有己見的太太。

　　現代女性使男人隨心所欲的自由銳減，對她們的「敬畏之心」卻油然大增。所以，當太太說：「你慢慢的、好好的再想罷！」我就只好慢慢的、好好的，和滿懷不高興的再想了。

　　可是，第一次晉升祖父級的父親，消除了年少夫妻的磨擦，以及我的傷腦筋。

　　傅家傳統，孩子皆由祖父命名。像我，是母親生了兩個女兒後，祖父辛辛苦苦才等到的第一個男孫。所以，「承」是我的輩份，「得」是祖父的心願，因為他終於「得」到一個男孫。

　　父親行使「祖父大權」，我自是俯首贊同，太太更無話可說。

　　十一月休假還鄉，父親找了個機會，向我解說他的命名心得。侃侃談了不少天庭和地閣的理論後，他道：男的，就叫「立大」；女的「采杏」，以後再有孫子，也以「大」和「采」命名。阿姨在旁聽了說：你老爸想孫子的名字，可真下足功夫呢！翻了許多書，還經常念念有詞。

　　爸爸最得意的，要算男孫的命名，他解釋：「立大」，即是「無信不立，有容乃大」，你認為怎樣？

　　──我？意思不錯，爸爸學問更好，我沒理由反對。

清明心境

　　歲月匆匆流逝，總有許多事物值得我們回首與前瞻。過去，我們做了什麼；將來，我們要往哪走。如此種種，在午夜或偷得浮生半日閒時，心緒自會翻滾。

　　我父親在1990年12月29日近午夜去世，突如其來的噩耗，像狂風暴雨驟至，教人手足失措。每每想起，心口像剜了一塊肉，空蕩蕩的。淚乾有血，至痛無聲，我第一次瞭解生死的無常。農曆新年回家，母親說：你父親走後，夜裡我都無法成眠。我聽了，找不到安慰的語言。

　　最近，我盡量減少活動，下班留在家中，養魚蒔花，在人生的打擊當中思考生命的問題。在心境略有轉變時，回到電腦前寫稿，並翻箱倒篋，將古書全找出來重讀，企圖從經史子集裡尋索答案。

　　彷彿回到大學年月，挑燈埋首，從文學史和國學概論開始。這時候，天地悠悠，我是時間長河旁一邊跋涉，一邊披沙撿金的人。

　　我知道：我想撿的這顆金子，是一顆重新詮釋生命的心。

　　當浩瀚的典籍在我面前展開，我的心境漸漸清明起來。

　　古聖先賢曾經閱歷多少苦難，在憂患和煎熬裡將生命的領悟，一一提煉結晶。他們曾為不幸的際遇嗟嘆，曾因命運的乖舛怨懟，也曾在困蹇時感覺氣餒。只是，他們對生命本身始終不曾厭倦，對個人的得失永遠不曾耿耿於懷。

　　所以，當我讀古書分類法「七略」和「四部」的由來，「古文經」和「今文經」的差異等這些與哲理無直接關連的學問時，也會深深感動。這種情形，是我讀大學時未曾體驗的。

　　生離死別的打擊，能令人產生人世無常的困惑。有的因而遁入消極的天地，萬事皆休，或眼中只有小我溫飽，日子過得不煙不

火；有的則在悲哀的深淵，仰首挺胸，尋找途徑，攀登生命的另一座峰嶺。

我選擇後者當作嘗試。

《易經》有這麼一句：「天行健，君子以自強不息。」我是個以滾石無苔，流水不腐自許的人；對生命，我知道我要些什麼。

生活的不如意，原本就不在我心頭。小人的攻訐和惡意的毀謗，在父親去世的這段日子裏，更起了淨化作用。父親生前教我懂得許多事物，包括錯誤的提醒和爭所應爭的堅持。他的亡故，同樣使我在不斷的反省中追求生命再次的躍進。

對生死的問題，我仍然無法理解；但在心境開始從傷痛轉向清明時，我真的要感激他。

個性

有時候，當個詩人是件很快樂的事。

我曾經立志當詩人，讓想像邀遊天地，在文學的國度馳騁筆墨，生活也過得無拘無束、自由和愜意。

可惜，這個「偉大」的抱負只實踐了一半。

另一半，成了不快樂的我：忙於生計，和盡全力的去完成我認為應該負起的責任。

我沒埋怨什麼，我只是說我並不快樂。

古希臘有位哲學家，很有個性的告訴亞歷山大：「我知道你是帝皇，但請別遮住我的陽光。」

——是的，一個人如要走入生活，腳踏實地的服務社會人群，「個性」太強，往往便成事不足，敗事有餘。為了與人相處，解決問題，我們雖然還沒可悲到要「低聲下氣，搖尾乞憐」，但是，卻得多為他人著想，多為團體著想。如此一來，個性就得收斂。試想想：會議桌上，如果大家都「很有個性」，則破口痛罵者有之，拍案離席者有之。而事情呢？仍無解決方案。

做個詩人，我是心高氣傲的：人看不順眼，事物無法稱心如意，我盡可拂袖而去。

然而，做一個把理想訴諸行動的人，我深深體會：在諒解甚至妥協中，尋求進展與突破，才是踏實。

衣沾不足惜

　　人要活得順心愜意，除了不為物役，更無第二法門。

　　不為物役，就是不要成為物質的奴隸。

　　「知足常樂」是一句很通俗的成語，但要跨入箇中境界，卻非得長期修練。

　　知足，簡單的說，是求所應求，得所應得。對非份的東西（包括聲勢權位），不只不去追求，甚至連平白獲得的念頭也要謝絕。

　　堅守本份的人，不會為物欲所誘惑和操縱。他把得失看得很開。更重要的，是他明白：人只要擁有基本需求，其他全是多餘的。

　　古人嘗謂：「人到無求品自高」。無求，應是基本需求達到，就不再作其他非份之想；而品自高，在我看來，並非無求的最終目的。

　　快樂，才是無求的目的。

　　但，前人告訴我們：有得必有失。

　　要無求，要知足常樂，要活得順心愜意，還是要付出許多代價。

　　飽暖之後的物質享受，快樂以外的富貴榮華——這些都是凡夫俗子的生活目標——我們全得放棄。而更甚的是，我們有時還得面對冷嘲熱諷，包括來自親友的白眼。

　　問題只在：人貴自知，清楚自己追求什麼，然後準備坦然面對可能遭遇的得失。

　　因此，一旦量才適性，看清得失，人生道路的困塞，甚至生命的乖舛，就不值一哂了。

　　「衣沾不足惜，但使願無違。」陶淵明說得清澄。

無意

我最喜歡的古人,要算蘇東坡。

前人論詞,每以蘇辛並稱,但細分兩人風格,又有東坡曠達、稼軒豪放的評語。我曾細心去品味東坡樂府和稼軒長短句,對這種結論深以為然。

我愛稼軒,「從容帷幄去,整頓乾坤了」是英雄大志;「金戈鐵馬,氣吞萬里如虎」是英雄氣魄,這些都令我十分羨慕。但是,英雄是天生的,只能敬佩,不能學習。

所以,我更愛東坡。他也想「致君堯舜上」,這是書生想望。對我來說,這樣的層次比較人間些、煙火些。

東坡也有很多失意的時刻,但他的曠達,不只教他能「一簑煙雨任平生」的從容面對,也令他在落拓之餘不失幽默。

曠達的本性,稼軒也有。「鐘鼎山林都是夢,人間榮辱休驚」是他的名句。但他在晚年仍有許多得失無法放下,使作品常流露哀怨之情。

東坡不然。由始至終,他都會在逆境中自我調侃:「薄薄酒,飲兩鍾;粗粗布,著兩重;美惡雖異醉暖同,醜妻惡妾壽乃公。」甚至,最後他也不必藉酒解悶:「達人自達酒何功,世間是非憂樂本來空!」

人若能曠達,必能忘我和逍遙。東坡句:「猿吟鶴唳本無意,不知下有行人行」,最得我心。

「無意」——不造作、不強求、任由自然,不正是曠達的訣竅?

滾石無苔，流水不腐

　　我初淺的人生哲學，總括成簡單兩句，就是：滾石無苔，流水不腐。

　　對肯努力求上進，或立志在藝術領域闖出一番天地的學生，我的贈言，也是這麼兩句。

　　我始終覺得：生而為人，不斷自我提升是非常重要的事。古人喜歡從大自然現象中，為人的存在因素及人生的種種事物尋求解釋。這種推論與類比，延伸到文學。舉個例子，寫《文心雕龍》的劉勰替「對偶」下詮釋時，認為對偶之所以是美的、和諧的，就因為上天也在人身上，體現了雙雙對對的美與和諧。我們有一對眼睛、一雙耳朵等。

　　人的存在價值，顯然也可以向大自然探索答案。比方說，人應謙虛，因為有容乃大，就像「泰山不讓土壤，故能成其大；河海不擇細流，故能就其深。」大自然的確是我們最偉大的導師。

　　我喜歡生生不息的生命，原因是：歲月的流逝，如此匆匆，如此快速，而人生又是那麼的短暫，那麼的挽留不住。由是，只有渴求高樓更上的生命，只有敢與時間競爭，能和永恒拔河的生命，才會對得起生命，對得起自己。

　　河川不斷湍流，才不至於沉濁、停滯甚至腐臭。石頭不斷滾動，才不至於深陷和為苔衣包裹。「吾日三省吾身」是一種「動」的過程，蘊含著進步；臨流感嘆「逝者如斯，不舍晝夜」，也是一種「動」的過程，所以能韋編三絕，自學不倦，不知老之將至。「大學之道，在明明德，在親民，在止於至善。」如果「止於至善」是人生最終目標，「明明德」和「親民」就是「動」。

——滾石無苔，流水不腐的過程，就是「動」的過程。這個過程中包含日以繼夜的自省和披星戴月的努力。陶淵明率性，可他仍得「戴月荷鋤歸」和「但道桑麻長」，躬耕餘閒之際，猶讀《山海經》和〈荊軻刺秦王〉。我們論才論能論德行，比古代賢達差之甚遠，豈能不自勉自進而長久滯阻不前？

　　我們要生命的脈搏強而有力的跳動，我們不要在夜闌人靜捫心自問時，感覺每一吋肌膚逐漸的麻木，每一根骨胳逐漸的腐朽，每一滴血液逐漸的凝固。——是的，我們也不要死神洋洋得意。

　　文人藝術家，最是不甘於接受時間的束縛和任意擺布。因此，「永恒」與「不朽」成了作品的母題。由於這種不甘，他們追求作品的最佳表現，鞭策自己推陳出新，把故步自封視作天敵。

　　有心向上的人不會把日子的忙碌當作藉口，不會讓惰性的枷鎖困綁渴望上進的靈魂。

　　滾石無苔，流水不腐；活著，應當如此。

如此山河

　　到國外遊歷的朋友，都這樣告訴我：世上有許許多多國家，我們最喜歡的，還是馬來西亞。

　　這句話，我深信不疑。

　　尤其年齡漸長，見識日多，思考層面愈發深廣，我更能體會這些朋友話中的真意。

　　說住與食，我們確實比許多國家的子民來得幸運。我們有美麗的山河與各式各樣的食物。我們生活的環境雖存在著不少疑難雜症，但其他國度一樣也有一籮筐不易解決的問題。而我們既是生於斯長於斯，為什麼不能更投入的、齊心協力的使馬來西亞成為理想的城邦？

　　近兩三年來，我有許多機會到國內許多地方探訪。我所看到的事物都令我很感動。這片土地充滿勤樸的人民。他們的生活也許很簡單，他們的要求也很容易滿足，他們很可能沒把愛國的思想大聲表達出來。但是，他們却也實實在在且不斷的，為這個國家奉獻所能，和這個國家憂喜與共。

　　西海岸的活力、東海岸的純樸與東馬的安和，在在告訴我們：如此河山，是值得我們敬愛的。

　　我們的不滿和批評，如果是出於要使國家更上一層樓的善意，是絕對正確的。但是，今天却有小部份的人，借其權勢，或散播種族極端情緒，或發表似是而非言論，目的只是要達到個人的企圖。這些，都是我們要明察秋毫和根本杜絕的。

　　我不相信單一角度的看問題，進而高聲喊打喊殺，就能使馬來西亞的明天會更好。

　　正如我不相信：換了全新政府上臺，一切疑難雜症皆藥到病除。

全面的、公平的與多為別人著想的思考和態度，才是合理且可以為廣大人民接受的方式，才是對得起這片大好河山，以及能向後世子孫交待的負責行為。

動地吟：起跑綫上的槍響

　　詩歌朗誦可以巡迴表演嗎？許多人懷疑。如今，事實已擺在眼前。1989年「動地吟──現代詩巡迴朗誦會」原訂的五站演出，經已一一實行。新山、檳城、吉隆坡、哥打峇魯和馬六甲，「動地吟」都獲得很好的反應。我們把不可能的事，變成了真實。但我們始終沒有製造神話的心態，「動地吟」的成功，來自務實。就像這項活動許多朗誦詩所表現的現實精神一樣，整個策劃與演出都奠基在務實態度和方法上。文學已到了歷史長河的轉折處，詩歌再也不滿足於自我悲憫或膚淺寫實的層面了。要談社會批判和現實真相，讓我們去碰最尖銳的課題罷！而本著這樣的共識，「動地吟」的參與者，皆能以相互體諒和不計個人得失的精神，去促使系列演出的成功。「動地吟」總策劃傅興漢就是這股務實本質的大旗。

　　8月13日，「動地吟」邁向另一個高峰。前五站的演出經費，主要來自熱心人士的贊助和票房收入。當我們聽到「華社資料研究中心」面臨經濟危機時，心中有許多感觸，但只有感觸而無行動，於事無補。最後，我們想到一個方法：為什麼每次的文學活動都要找人贊助，卻不能化被動為主動，協助社會團體籌款呢？「動地吟」的主導精神，不正是要把文學帶給更多的群眾嗎？不正是要喚醒人們對國家、社會或族群問題的關注嗎？華資，正是我們的切身問題。於是，我們又把不可能的事，變成了真實。

　　馬華大廈三春禮堂的這場「動地吟」演出，我們希望能為華資籌到經費。我們也深深明瞭：需要更大的演出陣容，才能吸引更多的觀眾，達到預期目標。因此，這場「動地吟」除了原有演出者，拔刀相助的還有：莊迪君、柯嘉遜、陳友信、張碧芳律師、黃金炳、永樂多斯、戴小華、姚新光、周金亮、黃益忠、張永修、張鳳

鳴和專藝華樂中心等。這些朋友，他們都不問得失共襄盛舉，或朗或唱或彈奏，只因大家的心，都是一樣的熱。

歷史已到了轉折處，大家必須群策群力，才能開創新局面。當我們分散時，也要保持清醒，在各自領域更上層樓。對我們年輕一輩來說，對國家與社會的關懷和奉獻，永遠只有開始與堅持，永無結束。

就像「動地吟」一樣，它只是起跑綫上的槍響。

風簷展書讀

　　從小，我的心願就是坐擁書城。長大後，愛書情更切，總希望有朝一日，能力所及，買棟依山而築的房子：內有雅室一間，三面連壁書櫥，汗牛充棟；一扇落地窗，窗前書桌寬敞，窗外青山排闥。清晨有涼風送爽，野花飄香，桌上一杯輕煙裊裊的大紅袍，眼前一本天地遼闊的好書，我可以怡然自得；深夜有月掛中天，狗吠深巷，我或奮筆疾書，或經卷埋首，喉間老酒回甘，心裡禾穗充實。《北史・李溢傳》有「丈夫擁書萬卷，何假南面百城」之句，說得顧盼自雄，氣概十足，很能引發愛書人的共鳴。

　　然而，這一切對戀戀紅塵營營生計的我來說，似乎遙不可及。細讀精讀於我，已是奢侈之事。若要學古人般熏香沐浴正襟危坐的讀好書，更不可能。朱孟實談讀書，強調精讀。他說：讀書並不在多，最重要的是選得精，讀得徹底。與其讀十部無關輕重的書，不如以讀十部書的時間和精力去讀一部真正值得讀的書；與其十部書都只能汎覽一遍，不如取一部書精讀十遍。所以「舊書不厭百回讀，熟讀深思子自知」。讀書如果徹底，必能養成深思熟慮的習慣，涵泳優遊，變化氣質；多讀而不求甚解，則如馳騁十里洋場，雖珍奇滿目，徒心花意亂，空手而歸。

　　林語堂則說，世上最懂讀書的人，是李清照和趙明誠夫婦。趙明誠夫憑妻貴，才得留名青史，但也使文壇平添幾段佳話。這小兩口愛書成痴，可以典當衣物以買碑文。易安居士《金石錄》有一段洋洋得意的讀書寫照：「余性偶強記，每飯罷坐歸來堂，烹茶指堆集書史，言某事在某書某卷第幾頁第幾行，以中否角勝負，為食茶先後。中即舉杯大笑，至茶傾覆懷中，反不得飲而起，甘心老是鄉矣！故雖處憂患困窮，而志不屈……收藏既豐，於是几案羅列，枕

席枕籍，意會心謀，目往神授，樂在聲色狗馬之上。」

　　所以，林語堂認為興味到時，拿起書本就讀，這才叫真正的讀書。讀書時，須放開心胸，仰視浮雲，無酒且過，有煙更佳；或在暮春之夕，與情人攜手而行，共讀離騷；或在風雪之夜，圍爐並坐，佳茗一壺，淡巴菰一盒，沙發上哲學、經濟、詩文、史籍十數本狼籍橫陳，然後隨意取而讀之。這種讀書方式，深得我心。因為日子忙碌，我甚少再為自己開一張書單，用海綿汲水的方式來沉潛讀書。而閱讀的範圍也逐漸拓寬：繪畫和音樂理論、政治、經濟、環保、電腦、創意、歷史和思想等，都隨興而讀，興盡而止。自從有了孩子，讀書的時間更相對減少，「靈魂的壯遊」成了「悠遊」，雖不像魯迅所言：無聊才讀書，但也只能偷空讀書。

　　說起愛書成痴，晉朝皇甫謐「耽玩典籍，忘寢與食，時人謂之書淫」；梁代劉峻「常燎麻炬，從夕達旦」，都是很有「愛書天份」的人。愛書愛到極致，難免精神有點異狀，所以現代散文名家吳魯芹坦言：「愛書也要幾分天賦，廢寢忘食，不同於政治舞臺上人物的疾病，是裝不了假的。」而我愛書，雖不至於成痴，但當年大學畢業，花一千多馬幣從臺北海郵運回卅多箱書籍；後來定居國都，又包一輛小羅厘將所有藏書自檳城南運下來，大概也能計入愛書人行列。

　　書多的人最怕搬家，有書成災的痛苦，余光中體會得最為深切。然而，痛苦歸痛苦，要這種人將書借出，已如骨肉離析，更遑論送予他人。只本地詩人翹楚游川，1980年赴日，將所有書本轉送史料收藏者李錦宗；90年赴臺，又將近年收集轉贈予我，自在瀟灑，愛書中人難得一見。去年，我終於有了自己的「寒舍」，一度想己所不欲，施予他人，遷入前整理所有書籍，將不打算重讀的，贈送學校圖書館。後來精挑細選，總覺得當初每下手買一本書，都認定是可以陪伴一世的佳作，再不然就是將來提筆撰文，還有翻查價值的精品。所以最後送出的，也不過區區數十本。剩下的，買了六個書櫃，再找來十多隻潮州柑空箱裝擺。

　　看著這些書，我總想起後魏道武帝與博士李先的對話。前者嘗問：「天下何物最善？」李先對曰：「莫若書籍。」然也。對那些不愛讀書的學生，我更喜歡鼓勵他們讀一讀安東尼‧契可夫的小說〈賭〉。故事裡那位自願囚禁十五年的年輕律師，最後五分鐘自動破門而出，放棄所贏得的兩百萬元賭注。他留下字條謝謝打賭的對手銀行家，因為：「在你給我的書裏，我飲過芬芳的酒、唱過歌，在森林裡獵過鹿和野豬。愛過女人⋯⋯天才詩人的魔筆所描述出來的、飄然像浮雲一樣的美女，常於深夜來臨，在我耳畔輕聲說些美妙的故事，令我如醉如迷。在你的書裏，我爬過高山頂峰，看見日出日落，看見夕陽在天上、海面和山背幻發紫金色的彩景；在那裡，我看見閃電在我頭頂的雲中亮過，看見綠色的森林、原野、湖澤、城鎮；我聆聽海妖美妙的歌唱，牧羊神的笛聲；我撫摸過美麗惡魔的翅膀，她們飛來告訴我一些上帝的故事⋯⋯在你的書裏，我曾把自己擲進無底深淵，創造奇蹟、燒平城鎮、傳揚新宗教、征服所有國家⋯⋯」唉，如此讀書，世間真無任何物事可堪比擬。

　　當然，我自己出版的那幾本拙著，也敝帚自珍置之書柜。對自己的創作，我始終自謙，但我也喜歡多才多藝的王爾德。這人自稱天才，有一回赴美，海關人員問他有沒有東西要報稅？他竟回答：「沒有。如有，就是我的天才。」他出書時嘗作豪語：「我這本書只準備出三冊：一冊給自己，一冊給天堂，一冊給英國博物院；給博物院的那一冊是否要送，還沒決定。」有人要他選十二本最好的書，他說：「不可能，我才寫了五本。」這真是可愛的自信和狂妄，但也只能欣賞，難以效顰。我小小的野心，是把自己的書各帶一本陪葬，然後墓碑刻字：「人生苦短，如果我也有值得你留念的，就只是這些書了。這是我一生的菁華。」

　　我喜歡書，有時遠超過朋友。桂冠詩人艾略特說得很好：「我們看許多書，因為我們不能認識足夠的人。」這句話有補充的餘地。至少，我看許多書，一部分的原因是我無法足夠的認識一些

人。我的至交好友都有一個共同點：他們愛書，而且同意黃山谷所說的：「士大夫三日不讀書，則義理不交於胸中；對鏡覺面目可憎，語言無味。」愛不愛書的人，對我而言，真可以用「傾蓋如故，白首如新」來形容。試想想：一個新知，如果可以暢談陶淵明、李白、杜甫、蘇東坡，或徐渭、鄭板橋、金聖歎、龔自珍，那是人間至樂。我那有「北方的驕傲」外號的詩人朋友方昂，當年就是因此深得我心。我們爬山、打球、散步或連袂出遊講座，話題總離不開文學。

　　我和太太，更是因書結緣。1984年我大四，留臺同學會辦講座，她協助賣書。我靜靜的看她，整個會場沒有一點聲音。我向她買書，故事從這裏開始。只是有個疑問我多年不得其解，待讀到清朝女詩人林韻徵的詩，方恍然大悟，原來如此：「愛君筆底有煙霞，自拔金釵付酒家；修到人間才子婦，不辭清瘦似梅花。」我太太如果知道這個自以為是的答案，一定會說：臭美。如今，我們有了兩個女兒：采杏和采詩。采杏剛滿週歲，會背十餘首唐詩宋詞，對韻腳尤其敏感。但小孩子對不瞭解的東西，本能上會排斥，勉強不得。所以後來老爸請她背詩，她總是說：「小貓小貓。」那是一首兒歌的開頭，全唐詩四萬多首，未見貓詩。她媽媽買了本《世界童話百篇》，圖文並茂，她最喜愛，也開始學講故事：「從前有個國王，後來呢……」到如今，將滿兩歲的她，故事還沒講完。

　　——是的，愛書的故事，還沒講完。有了女兒，我遂經常思考如何使杏兒和小詩也愛讀書的方法。太太和我開始多講故事，多買適合的書籍，讓她們自小就愛上書香。等她們上了幼稚園，我們會陪這兩個小女生讀書，晚飯後一起朗讀，把進入知識殿堂的鑰匙交給她們，由此她們可以獲得生活中所希望的大部份東西。所以，讓她們的小小心靈，深深記住：爸媽很喜歡讀書，而且讀得其樂無窮。看來，我要重新設計書房：照舊汗牛充棟，依然一張寬敞的書桌，但要擺四張舒服的椅子……這，會是我「風簷展書讀」的另一主題。

追星的人

　　喜歡創作的人──不論是文學、繪畫或音樂，大都對時間和生命十分敏感。所以李白才會感慨：「君不見高堂明鏡悲白髮，朝如青絲暮成雪。」縱使像孔子這樣的大智大德，也免不了「逝者如斯夫，不舍晝夜」的喟嘆。但可能正是擔心生命苦短，他們遂在有生之年將自己的才華發揮到淋漓盡致，或全心全意奉獻一切。因此，對這些人而言，生命的可貴，正因為它有限。

　　其實，我們的生活中也有很多珍惜時間的人。他們的才華，無法和李白相提並論；他們的貢獻，比起孔子，更是望塵莫及。但是，他們可愛，也正在於他們很有自知之明，並且努力向善向上。在歷史的長河裡，他們不隨波逐流，活得渾渾噩噩或利欲薰心。他們對自己真誠，對有意義的人事真誠。論兼善天下，他們沒有真本事，但退而求其次，修身齊家，他們確實克盡所能。為了一家溫飽，他們任勞任怨，有時甚至委屈求全，而這些為生活而忙碌的人當中，真才實學者大有人在。

　　南馬有位陳徽崇老師，十多年來從事音樂傳承工作，孜孜不倦，無怨無悔。他服務寬柔中學，培養許許多多優秀的子弟，為他們在音樂上奠定基礎。今天，他的學生，有的已傳其衣缽，和他一樣教導音樂；有的則飛往歐洲深造，以期更上層樓。這些他播下的種籽，開始成長、開花、結果。但陳徽崇從不居功，有人提起他的成就，他只是淡然一笑，彷彿青出於藍，是那麼的理所當然。他主持合唱團和軍銅樂隊，每隔一兩年總會策劃活動讓學生巡迴演出，驗收成果和增加學習樂趣。後來又成立小提琴班，緊接著又組織管弦樂隊。這人對音樂的熱心，不隨年華漸逝而稍減。

但提起陳徽崇，還是有許多人不認識，雖然他在大馬音樂領域，曾有許多第一，也仍會有許多第一。

七十年代，他率先有計劃的將馬華現代詩譜成曲子，由合唱團公開演唱，並灌制錄音帶。溫任平、潘雨桐和游川等的詩，都在他的指揮棒下化為跳躍的音符。但他沒有大事宣傳，所以縱使曲高和寡，他盡了他應盡的藝術本份。

八十年代末，他編定廿四節令鼓，開創中華鼓樂的新形式。震撼人心的鼓聲，很快就獲得廣大華社的激賞。許多學校、社團甚至廟堂，紛紛成立廿四節令鼓隊，擂動民族強勁有力的脈搏。陳徽崇奔波教導，並虛心接受別人建議的新打法。有人認為所有的廿四節令鼓隊應打法一致，但他卻用「流水不腐」的理念來解釋。

也許出自天性，也許因為音樂，他胸襟開闊。有一回他出席節令鼓集訓營，有一群人高談闊論，對這項創意月旦褒貶，其中不乏音樂和文化的門外漢。陳老師靜靜的聽，不置可否。他的學生後來這麼說：陳老師的身影，有些寂寞。但真正的原因是：他那時專注思考使節令鼓更具文化包容力的方法。

陳徽崇深獲學生愛戴。他敢於讓學生嘗試，搞演出由學生自行組織，甚至在舞臺上自己指揮。練習時，他認真督導；一旦時機成熟，他退到幕後。學生眼中的陳老師，教學時是嚴父，平時卻如摯友。他參與他們的活動，遇逢年過節，他家裏準備許多食物，邀學生同歡共樂。桃李不言，下自成徯。在他身上，我看到這樣的典型。

陳徽崇的知交，大都知道他有這麼一段軼事：有一回他在新山仰望夜空，北方有一顆明亮的星子。著魔似的，他一路駕車追蹤，北上兩三百哩，忘了家中還有妻兒。陳師母見他徹夜不歸，急得快要報警。

這個追星的人，他懂得時間對生命的意義。

閒對青山掩卷坐
──記葉慶炳主任二三事

　　讀報章轉載朱炎教授和曾永義老師的文章，才知道葉慶炳主任走了。

　　也是獲悉這噩耗的當日下午，舊日大學同窗謝宜英從臺灣來信說：「得知葉慶炳老師去世的消息，好像揚起了前塵，只有嘆息足以形容。」過兩天，羅正文學長搖電話來，談起葉主任，我立刻回應：為什麼我們這些當學生的，不能為他寫些懷念文章？畢竟，他不只是我們的系主任，還教過我們中國文學史。

　　我是在民國六十九年進入臺大中文系的，甫出國門，一切都陌生忐忑。同一年級，除了我，還有五位大馬僑生，可沒一個來自檳島。十月開學，忙於適應，輾轉就到農曆新年。首次離鄉背井，又沒錢回家，除夕不團圓，真不知時間如何打發。但中文系畢竟是深富人情味的科系，葉慶炳主任照例把沒有節目的港、澳、新、馬和緬甸僑生請到他家，吃葉師母親手下廚的年夜飯。去的僑生有整十個，葉主任又勸酒又送書，寒冷的臺北逐漸暖和起來，所以當晚十一時左右，我回到宿舍才淚濕襟枕。

　　我從沒後悔選讀中文系，因為四年大學生活，讓我感覺溫暖之外，還有踏實。我的大一、二和三的《歷代文選》，都是葉主任指揮助教，把所選古文用最佳刻本，一篇篇影印出來，然後召集所有同學到文學院會議室，每人自己編排、對摺、加絨紙封面、打洞和穿線。看著這本自己親手費時費力「制作」出來的線裝書課本，我們額外珍惜。葉主任說：「尤其是念中國文學的，更應親身體會古人讀書之難。」這三本書，至今我還留著，因為它包涵著治學和愛書惜書的道理。

我認為，葉主任掌系六年，最大的貢獻是打開「繼往聖之絕學」的藩籬，設立現代文學科目和主辦中文系新文藝創作獎。臺大中文系是臺灣聯考生進入中文系的首選，承傳絕學自是首要任務，但葉主任顯然認為臺大素來標榜學術自由風氣，百花齊放也很重要。我有幸在葉主任掌系次年進入臺大，系裏已開設「文學概論」、「現代散文選及習作」、「現代詩選及習作」及「現代小說選及習作」等課。到我大三那年，又開「現代文學批評」。因此，除了浸淫經史子集，我們還有機會接受現代文學的洗禮。

　　中文系新文藝創作獎，在我大一那年創辦，我的作品〈詮釋〉獲新詩組首獎，刊於《中外文學月刊》；〈破搖椅〉則獲小說組佳作，刊於中華日報〈臺大中文週〉專輯。第二、三及四屆創作獎，我也大有斬獲，這些都是葉主任伸出去的觸角，除了讓學生有機會發揮，也使我這個窮學生間接受惠。也許是我在寫作方面令他刮目相看，大三時經他推荐，我獲得潔民獎學金一萬元。

　　其實，葉主任也喜歡創作。除了《中國文學史》《諸宮調訂律》《唐詩散論》《談小說鬼》《談小說妖》《晚鳴軒愛讀詩》和《晚鳴軒愛讀詞》等論著，他的「晚鳴軒散文集」六種：《長髮為誰留》《秋草夕陽》《誰來看我》《一通電話》《假如沒有電視》和《暝色入高樓》，格調輕鬆，筆尖又帶感情，都是賣上數版的暢銷書，並獲「第一屆中興文藝獎章」散文獎。現代文學課的影響和創作獎的鼓勵，再加上長者先行，後學亦步亦趨，所以六十八年這一屆，本地生出了後來在臺灣文壇卓然成家的簡敏媜（簡媜），大馬僑生則有黃英俊（楊劍寒）和羅正文。到了我那一屆，畢業後本地生出過書的有黃秋芳、曾陽晴、許佑生和洪淑苓等。接下來，返馬後漸露頭角的，包括劉慧華、洪天賜（方天齊）和黃錦樹等。今年，連我的同窗李白楊，竟也在新加坡出書了。如果這些成果也算榮譽，我們應和葉主任分享。

　　1990年初秋，我重臨臺北，重回臺大，在椰林大道巧遇葉主

任。看他因病垂垂老矣，心中不忍，竟沒向他打招呼問好。看他彳亍遠去的背影，我突然想起大一時，有一回在農學院後的小路相遇，我們邊走邊聊。我說：「我是帶著破釜沉舟的決心來臺大念中文系的，希望畢業後能讀研究所。」葉主任靜靜的看著我，沒有答話。過了許久，我才了悟他眼神中的含意：世事難料，先踏實的好好念完四年再說。所以大二時，我上他的中國文學史，考九十分。但也一如他所料，大三結束時，我因家境不許可，放棄報考研究所的念頭，專心往創作發展。

葉主任的散文集裡有篇〈閒對青山掩卷坐〉的文章，寫他日夕看山，山有墓地，使他對生命有所領悟，進而心境豁達：「我們所擁有的不見得就是我們認為最完美的，只因為我們擁有了它，我們就珍惜它。如此而已。」對於生命，他的結論是：「儘管在旁人看來我的生活是多麼平凡，但我卻覺得無比富足。世界上沒有人能永遠擁有什麼，但是至少讓我還擁有什麼的時候，好好地珍惜它們。」

葉主任生於民國十五年，今年九月逝世，清淡一生，珍惜所有。如今，他淡出了生命的舞臺，卻在我們腦海中留下清晰的身影。

正如他所說的：「山在我眼中，青在我心中」。

夜裏的哭聲

那年，二弟誕生，我才三歲。

一個夜晚，大家都睡著了，我不知為何醒來，看見媽媽一邊摺疊洗淨的衣服，一邊飲泣。

媽媽很傷心，淚水一點一點的滴落，哭聲卻很小。

幼小的我，不明白為什麼媽媽要哭泣，只會傻傻的，陪著她哭。

哭著哭著，我倦極睡去。翌晨醒來，什麼都忘記了。

當我十來歲，想起那夜的情景，逐漸了解媽媽為什麼哭泣，為什麼哭得那麼傷心；也了解其實從我三歲開始，這個家就已破碎，媽媽的心遭受重重的傷害。只是那年，我真的太小，縱使後來上了小學，也只懂得吃喝玩鬧。

爸爸有了第二個家。

我一直認為，這是我家庭生活不快樂的根本。我的青少年生活，也因而陰霾四佈。我六歲那年，媽媽抽空賣些布料和雞蛋，補貼家用；四年后，她成為小販，賣亞酸叻沙、暹羅叻沙和粥，一直到我們四姐弟完成學業。

每天清晨，媽媽五點起身，煮切準備，六點就去擺檔。深夜一時，她才回家。她從來不曾在子女面前埋怨一句，包括指責爸爸的不是。

只有我，在那苦澀和叛逆的成長時期，曾寫了一篇憤怒的文章，登在報上。媽媽知道了，說：「何必呢？」

待我離鄉背井，負笈臺灣，才懂得細細分析家事，懂得生而為人，都有缺點，都會犯錯。

而媽媽，上了五十歲，子女長大，負擔減輕，對事物看得更淡了。這個家，於是慢慢解凍，有了笑聲。

　　對於爸爸，我不再怨恨。他五十五歲猝然而逝的時候，除了至親至痛，我內心還有同情與感激。

　　至少，那段坎坷的歲月使我學會自強、學會心中無恨，也努力避免重蹈覆轍。

一溪清泉

十多歲開始，對過年就熱衷不起來。

母親當小販的歲月裏，每年除夕，全家大小吃過團圓飯，就開始為開年的小販生意忙碌做好準備；買、切、洗、煮，在守歲的爆竹聲此起彼落中，我們才勉強趕完。

接著，是年初一到初九，母親賣命似的經營苦幹，我們兄弟姐妹輪班幫手。別人新衣笑鬧，我們舊裳揮汗。十多年下來，逐漸習慣了這種過年方式。

八十年代末，母親雖仍繼續她的小本買賣，卻不再像以往那般大做特做。一來是經濟不景，而她的子女也一一成長就業，不想她如斯勞累。

稍稍空閒下來的除夕與新年，並沒因而熱鬧起來。許是受了成長歲月過年的影響，我們仍不改前例，讓年悄悄的、靜靜的，在別人的歡樂與自己的平淡裏流逝。

我是最喜歡除夕的。童年家道猶盛，團圓飯一圍就是三兩桌，火鍋熱氣騰騰，長輩笑聲四溢，然後是一根長長的竹竿，掛著一串長長的鞭砲，等最喧囂的午夜到來。

如今，除夕不再是兒時新衣試穿的忐忑與興奮時刻。它漸漸化繁為簡，慢慢由滾燙沸騰的熱湯，變為一溪緩緩流動的清泉。

除夕，倘若團圓桌不缺一角，當然最是美滿。飯後忙畢，一家大小可以聚坐沙發閒聊看電視，或來一局三兩毛錢的撲克遊戲。如果家人各有活動，我就先替自己準備一瓶啤酒、些許花生，播放輕柔的音樂，燈下讀一本好書，也是賞心樂事。翻閱疲累，則側身傾聽新年的脈搏，在某些黑暗的角落相互大聲招呼。或者獨自沉思，想想過去將來，反省與瞻望。再不然，就起身到庭院走走，看一夜溫柔的星空。

　　生命，是多采多姿的。年去年來，我們的心境也一直變更。我
們偶爾想掀起滔天大浪，縱身大化；又時而要一溪清泉，細水流長。

坐看雲起

其實，我並沒真正的怨恨父親。

也許我體內流著他的血液，所以隨著歲月的消逝，我愈能體諒他當年所犯的過錯，以及而今殘缺不全的心境。他的際遇讓我在成長中不斷的省思與努力避免重蹈覆轍，他的辛酸也在這段過程裏逐漸沁入我的內心，使我不再有所憾恨。

父親十二歲那年，追隨祖母南渡，投向隻身飄洋過海而在異鄉白手起家的祖父。祖父當時正春風得意，事業青雲直上，並接二連三納娶偏房。父親高中畢業就接掌祖父的業務，兩年後娶了母親。我想，雙親廿多年的婚姻生活裡，最讓母親歡愉與難忘的，當是那場盛大隆重的婚禮。泛黃的婚照遮掩不住她端莊的笑意。洋溢的無限幸福與快樂仍能深深感動人心。只是好景不常，父親在我四歲那年有了外遇，對象還是我的小阿姨。母親剛產下二弟就獲知消息，終日以淚洗臉。小小的我童稚懵懂，只會在輾轉難眠的夜裡，醒來時看見母親偷偷飲泣，於是陪她一起抽噎嗚咽。

這場風波的起因我至今不明所以，但尚未茁壯就遭遇風雨的幼弱心靈，確實被那在往後的日子烙印般抹拭不去的惡魔影響至深。

母親的認命並沒能消弭接踵而來的不幸。我開始懂事的年齡，祖父就宣告破產，且將咎失歸罪於父親的不孝與不負責，而父親的憤然辭職也無法終止父子間的交惡。家道中落，貧窮降臨，祖父三房的恩怨紛擾更是變本加厲。在丈夫失業，家庭雞犬不寧的逆境裡，母親開始做些小本經營，毅然決然負起養兒育女的職責。只是雙親的不和，仍舊斷續不絕的充塞著我的初中與高中生涯。

種種舛逆，我都把錯失歸諸父親，甚至撰文投稿，刊諸報章指責他的不是。年去年來，怨痛未消，傷痕猶在，我卻發現父親的雙

鬢已催霜，這份震驚改變我對父親原有的看法。一方面又從自己的經歷去揣測父親早年的行經與心跡，因而有了不同的觀感。

經過不斷的借貸與嘗試創業失敗，父親終於滿懷失意的決定與母親同行當小販。靠天吃飯的工作最易令人蒼老，何況我還有兩個同父异母的弟弟靠他扶養。但小本生意終究不必受氣或遭受誹議，父親遂也開始心寬體胖起來。似乎人到不惑，命運才逐漸好轉。加上兩位姐姐各已就業賺錢以補貼家用，我與二弟也快畢業，他的負擔日益減輕，歡顏笑臉就隨著增加了。偶爾休閒，他便和母親去看場電影或吃碗魚頭粥宵夜，這份遲來的祥和安泰，是我姐弟經過煎熬痛楚與望穿秋水才得到的。

父親生性忠厚平和而不失活力，自母親口中透露的往事，便足以證實一二。他年輕時曾有好幾個結拜兄弟，感情十分融洽。父親那當兒是富家子弟，視金錢如阿堵物。結拜兄弟結婚生子，父親必有大禮贈送。朋友有難，父親更是率先踐赴。但在父親落魄潦倒的日子，這些友好杳如黃鶴。難能可貴的是，父親並無半句惡言怨語。

父親早年愛好飼養觀賞魚。家裡有七、八個魚缸魚池，他每逢週末必細心照料他的金魚、神仙魚與葛拉美接吻魚等。那不足九平方公呎的空間，曾是我們姐弟兒時的樂園。撈魚的七手八腳，玩水的掬洗掬潑，魚兒莫不飽受驚嚇。家道中落後，這小小的天堂隨著消失無蹤。

印象最深刻的還是海邊拉網捕魚。父親總愛在休假時約好知交舉家出發，在風大浪大的岸邊拉網。負責深水處的把手除了泳技精湛，還得力氣勝人。每回看到父親與叔叔氣喘如牛，三呎童丁的我就立下宏願：將來要與父親並肩跟巨浪搏鬥。可惜我還來不及苗壯，三十而立的父親已因不如意事紛至沓來而閒情散盡。只有那在岸邊生火、捕著魚兒鑊鏟隨至的濃香與鮮美，猶在鼻中齒縫縈繞。

成長過程中，我逐漸察覺到父親新婚的那幾年，生活並不順心稱意。有一次父親夜歸，醉得嘔吐不止。東歪西倒胡言亂語的失

態，以及大人亂成一團的熱鬧，在在都令幼小的孩童觀看卡通般感到新奇有趣。後來憶起，已懂得揣摩他醉酒的原因與當時的苦悶。畢竟，父親是有血有淚的人，而非小兒子眼中的神。完美無缺的神一旦形像毀壞，就注定是永遠的遺憾。人都有與生俱來的弱點。從自己的言行思想裏，我更能體驗到父親的錯失與痛楚。血緣未必是不變的再版，但枝葉滋生，根源卻一。父親的脆弱，就在歲月的反省與印證中顯示出來。而誰不曾脆弱與犯過？尤其是過程類似的成長，更能了解到那段經歷的掙扎與辛酸。

在若干年的怨責後，重重洗滌的心靈，如今僅剩一句由衷的話語：謝謝父親。

他走在前面讓我尾隨，或許他曾經迷失，或許他曾經掉入陷阱，但他的足跡已足以使他的兒子再三警惕。沒有他的過失，可能我會順利成長，但肯定的，必也不會有現在的回甘。

我遂明瞭：得失並無絕對的分野，有時甚至不重要。艱苦的行程，每一步腳印，都是可貴的。

迷路

　　馬齒稍長，勇於嘗試的年輕習性，逐漸變成擔心迷路的中年心境。來國都的前幾年，面對陌生的地區和道路，我毫不畏縮。大不了回頭走，多花一點時間。年輕嘛！有的是本錢。我告訴自己。所以這座城市，留下了不少青澀的探索與成敗。那時候，我有一種無愧於心和不負青春的歡悅，因為縱使目的地錯了，我還可以重新定位。

　　最近一位朋友喬遷，邀我到新居同慶。我的第一個反應竟是：畫張地圖來。我開始自嘲：當年「行到水窮處，坐看雲起時」的坦然和淡定，都為歲月和人事銷磨殆盡了嗎？也許，我真的該再次迷路，一點一滴，重檢記憶的圖騰。

　　一位朋友說：你的沉潛和低調，顯示難得的內斂。另一位則問：你的氣魄消失了嗎？我想，這些話雖然角度不同，但都一針見血。

　　我以為自己的人生方向已很清楚，行李也已裝備，路線重複審閱，只要一步一步踏實的走去，全力以赴的面對變化和挑戰，終有一天，我會抵達終點。可是，現實卻在最後關頭提醒我：沒那麼簡單。這個社會，你還瞭解不深，尤其是人心。毒蛇猛獸不會心裏有鬼，人就難說了。這樣的當頭棒喝，使我陷入迷惘的深淵。

　　我看見近年走過的路，浮現空中，以慢速度一片一片瓦解，然後墮下，將我埋葬。我看見手中的指南針瘋狂的旋轉、飛出，刺中我的眉心。這些，都不難理解。奇怪的是，我看見另一個自己，在我的屍首旁，如釋重擔的、海闊天空的，唱著、笑著……

　　我漸漸瞭悟。其實，年輕的我不曾迷路；如今的我，迷了路也無須慌亂。

　　換一個目的地，另闢蹊徑，以心指引，這就夠了。

熱鬧的果樹

我家門前的那棵芒果樹，雨季來時竟繁花囂鬧。

開始，它只疏疏散散的開一兩串花，零零落落的結幾顆果。那時，我很坦然，因為過去，它確實如此。接著，它竟在所有枝頭都聚結花蕊。我有點驚訝，這棵偶爾澆水施肥的小樹，為何這麼頑強的表現它的生命力？

一路來，我只在意它是否長高，希望它可以蔭庇我停在樹旁的車子。但這棵長在柏油路邊的青翠，只有方米大小的土地供它發展，先天不足，後天失調，我也不敢有何奢望。

這回它用花開滿枝來回答我，使我意外之餘，不得不對它另眼相看。漸漸的，我知道它伸長根柢，從身旁的溝渠汲取養份，靜靜的成長，快樂的開花。從此，我清晨上班黃昏回家，總彷彿聽到它在歌唱。

我喜歡繁花簇簇、結實累累的樹，因為它令我感覺生命的充實與富饒。所以自小，我就愛上果園，愛在果季徜徉其間，看看花開盛景，聞聞清清果香。

也只有在這樣的時刻，我才體會到大自然愛熱鬧與不甘寂寞的一面。這種熱鬧，是帶著豐碩的成果來的，來告訴我們：生命，只要堅韌，只要勇敢成長，一定有所收穫。

如今，一棵小小的芒果樹，也來提示這樣的道理。

夜雨花開

我喜歡花果。花喜歡花心綻放；果喜歡果實。

花開彷彿天地初開，純潔美好；果結彷彿心血收成，豐滿歡樂。

童年最深刻的記憶，包括九歲那年和長我三歲的大姐，雨夜撐傘看花。

茉莉總在深夜開花，嬌小、純白、清香。也許是怪癖，我喜歡夜間綻放的花，像曇花和夜來香，衣錦夜行，不想媚俗。只是曇花哀怨，夜來香霸道。茉莉柔中帶剛，清涼無汗。

雨中的茉莉、雨中的大姐和我，是我不曾塵封的記憶。是花，是雨，還是大姐的相伴，讓這個畫面清新如洗？

深刻的感動帶來雋永的歡樂。人生行路，匆匆難免過失。給點時間自己，騰挪心靈空間，感動和歡樂，讓未來走得清朗和安穩。

山高月小

　　蘇東坡這樣形容君子：山高月小，水落石出。

　　我閉上雙眼，想像這麼一個偉岸、皎潔、坦蕩和磊落的人。這人不欺暗室：「君子之過也，如日月之食焉。過也，人皆見之；更也，人皆仰之。」真是雪白明亮。遠遠看他，你看見自己的陰影；越靠近他，你越晶瑩剔透。

　　我常想：究竟是什麼讓他發光發亮？——應該是誠。

　　誠者，聖人之本。不誠無物。不誠，我們什麼都不是，所有的忠、孝、仁、愛、禮、義、廉、恥，都是虛假。不誠，即自欺欺人。人若自欺，他就找不到自己，因而也無法看清腳下的路。自欺就會欺人：對自己不誠實的人，從來就不曾對別人誠實。自己不知誠為何物，如何以誠待人？

　　我們應該尋找這一點光，維護和善養它。希望有一天，自己也山高月小，水落石出。

三更夢裏

　　喜歡文學的人，對時間比較敏感；商場拼搏的人，對時間也很敏感。前者的時間是生命短促；後者金錢效益。

　　於是時間有兩種不同的距離：爭千秋和爭朝夕。毛澤東高明，數千古風流人物，還看今朝。他兩者都爭，而且理直氣壯和恢宏開闊，更了不起的是千古今朝，兩者兼得。

　　我們沒有，所以我們更應努力。所以，偉大人物只有四小時睡眠時間，我們多睡兩小時，早醒兩小時，做點自己想做的事。

　　我因而喜歡夜半工作。在黑夜與黎明的邊緣，在夢與現實的邊緣，工作和思考。

　　奇怪的是：物以類聚，許多朋友和我一樣。午夜來了電子郵件，凌晨來了傳真，他們在夢的邊緣，傳來奮鬥的心事。於是我知道：我們夢多，雖然夜短。

金光萬道

我生命中最重要的一次決定，是面對大海承諾。沒有這個承諾，沒有今日的我。

檳城。丹絨武雅海邊。十九歲。黃昏。一路金光閃閃，沿海面，漸行漸寬闊。我知道：這是我要的未來。未來是什麼？不太明確：但路該這樣走。

那時家境貧寒，本地大學升讀無望。我是小販的兒子，父母養育艱辛，我知道。但我也知道命中沒注定我是小販。所以，不顧經濟條件，我仍然選擇出國留學。我選擇我想走的路。也因為珍惜自己的選擇，我無怨無尤的付出。

我相信大海為我鋪設的萬道金光。我相信，因為我知道我要什麼，而且我置自己於死地而後生。

每遇挫折，我就會回到海邊，尋回自己生命最初選擇的路。最初的答案。

是。知道自己最想要什麼，然後置之死地而後生。我們的路，閃爍光芒。

揮灑胸襟

　　生活難免挫折。修行人常說：沒有欲望就沒有失望，這樣就能心平氣和。

　　我不相信這種浮光掠影的說法。佛家也講慈悲普渡，沒有愛和希望，修行只是坐井觀天和逃避現實。不曾心動如水，如何心止如鏡？恩澤萬物或靜觀自得，書空咄咄而已。

　　所以，我喜歡老莊；但青壯歲月，我選擇孔孟。紅塵歷練，發光發熱，風雨洗禮，生命才能茁壯堅實。隱遁避世，留待老年罷：清風明月，應是智者的選擇，而非鴕鳥的藉口。

　　楊過練劍，我最喜歡玄鐵環節。山洪巨瀑、呼嘯狂潮，心定才能身定，才有天地動容和鬼神驚懼的揮灑，才會孕育「俠之大者，為國為民」的胸襟。至於飛花摘葉，手中無劍心中有劍，那是獨孤求敗老來的道家心境了。

　　走過大格局浩瀚汹涌的奮發，才有資格談論和欣賞獨善其身的風景。

火聚清涼

　　在彭亨州關丹萬佛殿，看裊裊白烟，從山間緩緩升起。夜幕低垂，雨後的市郊大道人車稀少。我就地而坐，像個偷閒的莊稼漢，想想耕耘的土地、播下的種籽和未來的天氣。

　　人生趕考趕工趕集趕場趕路，要心遠地自偏，知易行難。所以戀戀紅塵，因為那點兼善的火光，總希望燒得壯烈耀眼。難得坐下來，喘口氣，看雲起，想想「如入火聚，得清涼門」，可不可能？

　　方向既定，就往前走，是火聚是清涼，不走不知道。但不曾焚燒，就無所謂清涼，卻已清楚。像山中白煙，曾有煎熬，曾有風雨，才有昇華；像何處水窮，何時雲起？只坐不行，是看不到的。

　　形而上的因果，非我所知。先付血汗代價，後收晶瑩成果，我是相信的。我更肯定：所有結成的果，都來自觀念與習慣的因。好好種因，如是我想。

重回臺大

　　臺大是我母校。畢業後赴臺，總會抽空回校園走走，看椰林大道筆直開闊、文學院繼往開來和醉月湖楊柳倒影。並無物是人非的感嘆，只有感恩和自我提醒。

　　大學時期如果無法塑造人格和澄清人生方向，風花雪月只是過眼雲烟，挑燈苦讀也只能獨善其身；等而下之，則入寶山只領一紙文憑踏出校門。

　　其實，大學能讓智慧遇見智慧，讓情感昇華情感。

　　我在大學遇見自己。我開始知道自己是怎樣的人，也開始知道自己要什麼。前路是康莊坦蕩或困蹇曲折，殊難逆料；但我知道方向。

　　所以，重回臺大，是為了檢視自己的位置。路有沒走錯、心有沒擺正。當我重回校園，年輕的我看如今的我。

　　他向我笑了笑。

　　至少，他還認得。

知難而進

　　人生實難。知難而進，更難。

　　世路坎坷，原就不必寄望順風平坦。但與其被動的受命運牽制，不如主動出擊，例如求進或求變。上天沒注定小販的兒女也得當小販，或曾經疏懶墮落的人永無出頭之日。

　　求進得付出代價，如遠離輕鬆舒適的喜好或享受，有時甚至得割捨愛戀；求變得革心革命，先改變觀念想法，再改變行為習慣，才能改變結果或命運。父母要孩子長進，自己得先長進；要改變別人或世界，先改變自己。

　　知難而進，雖主動，也不容易。內心不夠堅強，容易氣餒、妥協和放棄；智慧不足，則遇難題解不開，遇挫折不知自勉。所以，強心強智，才能智者不惑，仁者不憂，勇者不懼。

　　這種人生境界，真難。就因真難，金石可貴，梅花更香。

風流浪蕩

　　心情陰雨，真想學張大千寫的對聯：百年詩酒風流客，一個乾坤浪蕩人。

　　可惜，詩酒易得，風流難求；乾坤雖大，浪蕩無方。才知道原來風流浪蕩，還得有點本事，有些機緣。

　　本事是放下，放心才能放手。在心在手，風流過，但留不住。

　　機緣是潮汐，潮起必然潮落。不論起落，浪蕩時，難當挂礙。

　　算。去掉大千雙足，勉強是：百年詩酒客，一個乾坤人。或更省略，只留詩酒乾坤；別人夢裏，作客也不易。

　　幾年前有位老友送了片木刻對聯給我：詩成擲筆仰天笑，酒酣拔劍斫地歌。

　　我挂在辦公室天井，任它日曬雨淋，發黴斑駁。後來收起，滲透滄桑和雜碎古意，真像風流浪蕩的心事。

　　畢竟只是心事。走過陰雨，終會放晴。

黑暗魔書

　　許多人心中，都有一本不可或不願言說的黑暗魔書。

　　有的人夜半驚醒，用微弱的燈火，獨自捫心翻閱，裏頭有心虛和愧疚。一位文化界的朋友買股負債、賭博輸錢。他說他不敢放高言論，指點教育或文化。因為他知道自己有一本黑暗魔書。這種人很多，但至少是人，可以做朋友。

　　也有人沒心，自欺欺人面不改色。因為沒心，任何錯誤都可合理解釋，大者美其名為民謀策富足，其實盜國；小者厚顏曰與民方便潤滑，其實貪污。有些富商、高官或知識份子，講道德口沫橫飛，談正義刀光劍影。他們掩耳不聞那本黑暗魔書陰陰冷冷的笑，笑。

　　如果捫心，黑暗魔書會越讀越小越輕薄，某些文字會慢慢消失。

　　如果沒心，它會越讀越大越厚重，而且每一頁都密密麻麻。

　　有一天，這些頁數，會和歷史一起裝訂。

企圖專業

　　從事出版，我企圖專業。因為我知道：沒有專業的企圖心，文化創業絕不可能成功。

　　但「專業」是什麼？我不斷地學、不斷地做，同時不斷地想。

　　敬業樂業只是專業的基礎。許多人敬業樂業，但不專業。他們有所欠缺。

　　我的想法是：專業是一種心態。一種好要更好、對要更對和精益求精的心態。它是動態的、勇於前進和挑戰的、不肯滿足現狀的，以及，從不肯以「專業」自居的心態。專業如不求精進，遲早落伍。

　　所以，專業並非最終目的，而是過程，或企圖心。

　　啟動這顆企圖心，就會不斷地學、不斷地做，同時不斷地想。

　　文化創業才有希望。任何行業也應如是。

　　命繫中小型企業的華社，更應如是，才有未來。

烙印淚痕

我常懷想母親。懷想她那時代，美德的典型。

家道中落後，母親走出廳堂，做過賣布賣蛋等行業，最後在一間咖啡店擺檔賣叻沙。過午夜就寢，凌晨四時起身，前後近二十年。我們四姐弟，大小差距六歲，從小學到大專畢業，用的主要都是母親的血汗錢。

但母親不曾消極悲觀。四個孩子中，只我為她帶來最多問題。我撰文批判父親，她知道了，說：「何必呢？」

至今我駕車轉彎，總會想起她的話。有一回載她，快到路口猶踩油加速。她說：「別浪費油。」那年我還年輕，不懂得她的節省，原是為了提醒兒子珍惜生命。

我三四歲那年，母親因父親外遇而午夜啜泣。我不知何故醒來，陪她同哭。

今生今世，我不忘記。

洪水式的學習

　　我生命中的兩次「大學習」階段，第一次是廿歲，第二次是卅七歲。

　　我的小學生活混混沌沌，中學時期面對家庭糾紛等成長困擾，成績好時名列前茅，差時班級殿後。這種進兩步退一步的學習曲線，在高中畢業那年漸趨平穩。我的馬來西亞教育文憑考試低空飛過，有幸就讀政府學校的大學先修班，覺得「上天對我不薄」。後來高級教育文憑考試雖然失利，發憤圖強之心已隱約成形。

　　等候高級教育文憑考試放榜的那段日子，我兩度在檳城聯合書局打工，開始時當雜役，月薪八十元。扛書打包送貨，存活倉庫與奔波馬路，稍有空閒就在店面「站崗」。一日下午，書局門可羅雀，我一邊揉搓疼痛雙腿一邊想：月薪除以工作時數，我每站一小時，收入是三毛錢；我是否要這樣站一輩子？後來老闆提拔我當營業代表，招徠印務，月薪二百五十。當獲知本地大學深造無望，我立刻辭職，上午就讀韓江新聞學院，下午當臨教。

　　半年後，家境拮据的我，赴臺攻讀臺大中文系，開始了四年為自己而讀書的大學生涯。我父母都是小販，放洋升讀已是奢侈，選擇中文系更形同自殺。所以，我固執的走自己想走的路，多少有「置之死地而後生」的激烈壯懷，也因而更有「臥薪嘗膽」的苦學心志。這段歲月，我的學習像海綿汲水，人格與理想逐漸浮現。

　　卅七歲壯年轉行，離開杏壇，浮沉商海。當人生轉折，過去歸零，我知道自己得重新開始另一段艱辛的自學旅途。這時，一本重要的書，讓我堅忍上路：好友傅興漢送我石滋宜博士寫的《世紀變革》，適時發揮關鍵作用。石博士說：想法改變習慣，習慣決定命運。所以，只有改變思維模式，才能改變未來。後來我一路跟進石

博士的新作，理路清晰可尋，包括他談企業變革的原則，我把它改成一個人或一個社會：學習的意願和速度，決定我們未來的成敗。

另一個我亦步亦趨，並時時探索為什麼他要這樣想的人，是詹宏志學長。他在《E時代》自序裏說：「我的愚昧，以及工作生涯的變動坷坎，不料竟成了我不斷尋求『學習』的力量與理由。」對我而言，真像暮鼓晨鐘。他又說：「學習，是我們進入另一個階段、另一個時代、另一個世界、另一個境界，以及另一種滿足的唯一通路。」

不同的人生，有不同的答案。除了自己，沒人能為你解答。但所有尋找答案的過程和方法，卻是一樣的，那就是「學習」。詹宏志學長也說：「仔細觀察現在，你就看到未來。」我從此引申：觀察對象，除了外在世界，還有內在自我。仔細觀察現在的你，你就看到未來的你。而學習，讓你看到現在的你，進而產生變化，決定未來的你。

一個人如果想完全更新自己，必須有洪水式的學習。

一個社會如果想完全更新自己，更須有洪水式的學習。

人生改變的力量，來自學習。

用鷹的想法回魂

　　人近中年，文學之路逐漸模糊。回首是痛苦的事，像把心翻來覆去，尋找脈搏最初最熱的血，結果只聽到微弱的聲音，一種受現實捆緊、身不由己的斷續呼吸。偶爾鬆綁，驚覺這只是藉口，却又匆匆「忙於生計」，把時間切割得支離破碎。偶爾醞釀於心的，終不成形，焦慮遂時刻影隨。

　　我知道，曾經面對良心說的，終身都會迴響，有時是提醒，有時是嘲諷。我的第一本詩集《哭城傳奇》，書名頁後有兩句自贈的話：「暫把熱心付筆硯，漫將冷眼看人生」。封底回折則信誓旦旦：「如果有一天我不再提筆，詩的血液不再流經每一管血脉，牽動愛憎悲歡，生命便已冰冷。」如今看來，嘲諷笑得最大聲。每當有人介紹說：傅承得是位詩人；我真想找個涼快的地方，免得汗下如雨。提早享用文學退休金的人，榮譽只是打腫的臉皮，虛胖而已。

　　幾年了，我尋找瘦削的自己，也尋找這位詩人失踪的原因。這位詩人回不回來，我不知道；但原因漸已水落石出。

　　世路多歧，人心崎嶇。若不用自己的意志去走，風起時的落葉，不由自主。文學之心，需有文學的耳目手足。任由生活左右，雜事糾纏，結果求名求利，求人求全，文學的背影愈走愈遠，最終音影杳然。麻木的心是無所感知的，不自由的心是無法思考的。無感無知，無法獨立思考，文字等同垃圾。

　　所以，文學的心靈是自由的心靈，是風，是水，是鷹。鷹無國界，無通行證，處處通行；能高遠，能悠揚，能止如山凝，能動如電閃，能奮鐵翼而搏長空。鷹，也是孤獨的。

　　我知道自己必須在孤獨裏，才能找回自己。因為裏頭有自由。至少我這麼認為：孤獨和自由，同樣會獲得創造的獎賞。生命難題

太多，散漫無章，也許只有思考如鷹，才能拔高檢視，找回一位詩人，和他本來的面目。

只有用鷹的想法，才有回魂的可能。

自用與無意

能夠影響我一生的文學家，必定是他的言行舉止，已經內化成為我生命中的一部份；或是他的文字、或是他的理想、或是他的為人處世，包括他遭遇挫折時的雄偉身姿。又或許因為早熟，對現代社會不再懷抱任何神話與英雄幻想，也不認為懷才不遇是必然，怨天尤人是應該，所以廿歲以後，蘇東坡成了我經常思考的對象。看他的書畫、讀他的全集、選集、研究文章、傳聞軼事，以及林語堂著、宋碧雲譯的《蘇東坡傳》，那是卅歲以前的事。四十歲以前，再以個人生活遭遇印證他的生平，內化程度開始深遠。如東坡四十歲左右因「烏臺詩案」身系囹圄，其因果始末、其思考應對，盡是風雨夜行的隱約燭光。文學殿堂上的東坡，是一盞長明燈；對我，生平坎坷的東坡，是留住心中一盞燭光的師友，必要時借予後人，清理思路，照亮歧途。

壯年或許意氣風發，中年或曾飽經世故，如何在挫折中尋找希望、在失敗中累積智慧、跌倒後仍勇於衝綫，經常如雲行水流般自然叩醒我的，就是東坡評賈誼的一句話：有才不難，用才實難。東坡的意思是：懂得自用才華，難度最高。有才之人比比皆是，或孤芳自賞、目空一切；或期待明主、伯樂，以便施展；或落拓潦倒，終身哀怨。如此才華，或許天生，但於世於己，皆無裨益。身後詩名，不過鏡花水月；倘為目標，更是虛無縹緲。有才如何自用，也許真是大學問，東坡也沒完全做到。但至少，身處那樣高度被動的環境，他選擇隨遇而安，偶爾抒發命運的乖舛和高處的寒意，但更多時候，他尋找生活的自適。身處現代的我，再也沒有那樣的客觀限制，明主、伯樂也終是虛幻，已不必，也不需。如何自用的人生課題，拜東坡所賜，我可以想得更深入，也可能發揮得更好。

對東坡而言，無法自用，他選擇自適。這是他廣闊無垠的心靈空間。這個空間是中國古代知識份子進退之間的調整距離。擁有較大空間的人，肯定調整得較理想。兼善天下與獨善其身，本就一念之間。當然，這一念，可能十萬八千里。在我看來，孫悟空取下金箍圈後，成不成佛並不重要，圓滿無求的自由，才最得意。生命自然與自由的流動，本就能自成和自我實現，不必身外與身後任何虛實起滅。這樣的想法，倘無「自用」的基礎，終究容易淪為清談。而智慧，是把知化為行，才能雕刻思想的深度，才能面對生命的雄辯。東坡說：「猿吟鶴唳本無意，不知下有行人行。」

　　兩種選擇，看似矛盾，卻在我內心諧和。我知道「自用其才」，還會在我的生命中孕育更多的夢想；我也知道「猿吟鶴唳本無意」，會是我最終的期盼。但這個夢，讓它自然生成，不必刻意。因為我知道：它必然會來；而如今，夢未成，燭光還遠。

　　所以我坦然。像東坡一樣：一簑烟雨任平生。

親江湖，疏儒生

　　最近遇見一位老大，江湖奇人，姑隱其名。

　　他曾經跑遍許多國家、熟悉幫派、包賭包娼、運送人蛇。「事業」巔峰期，自由進入移民廳，自製印章，自行簽准。他說：他們這種人是某類公務員的幕後老闆，支付薪金比原老闆多數倍。他說：臺灣黑道公司可以上市，馬來西亞無能。他說：搖頭丸要不得，白粉友該死，但跑馬機為國家賺外匯，為何取締？我請道其詳。他說：很多外勞把所有薪金輸在跑馬機上，沒錢寄回老家。這種解讀還真新鮮。

　　奇怪的是：這位老大曾經寫作，認識琦君、司馬中原、朱西寧、朱天心與朱天文等，讀過余光中等詩人的作品，對馬華文壇也相當熟悉。他對臺灣政經局勢頗為關心，說陳水扁政治手腕不如李登輝，臺灣不久會發生內部金融風暴。他知道這個社會很多，這個社會知道他很少。他懂得的東西不輸於文人，文人不懂得他的世界。我想，他很寂寞。

　　更奇怪的是：我想到高行健。《亞洲週刊》（23-29.10.2000）〈筆鋒〉談高行健，說他「在八十年代深入中國西南山野，遠離政治鬥爭和中原，上下求索，發掘民間禪意，找到『親江湖、疏儒生』的新空間。」高行健與這位江湖老大，「自放」意味頗為神似。

　　棄教從商，我思考的方向，包括「親江湖、疏儒生」。

　　我的文人習性重，過去的生活物以類聚，接觸太多「儒生」。當生活換軌，必須重新且全盤學習，我探索自己的內心世界，推己及人，因而對文人有了較深入的理解。

　　文人的習性包括六多六少：高論多實踐少、被動多主動少、怨尤多進取少、主見多客觀少、他求多自求少、本位內鬥多而存異

求同少。這種習性，或有助於藝術成就，實無補於現實改善，包括個人生活和社會理想。我尊重個人生命的呈現方式，但不想陷入空談、消極、憤懣、自我、等待救助和分門別派以黨同伐異的泥淖。

星洲日報《學海週刊》的年輕朋友曾問我：現在是商人還是文人？我的答案直截了當：商人。我也不是「儒商」或其他四不像；商人就是商人，不必美化貼金。商人必須踏實、積極、樂觀、運算、整合資源和承擔成敗，才能走出一條生存發展之道。

所以，自放其實是自救，親江湖而疏儒生，也只是一種姿勢，一種探問生命與傾聽內心的姿勢，不一定有答案，但肯定有成長和尊嚴。高行健擺出高超姿勢，江湖老大選擇世俗姿勢。諾貝爾和黑道之路，在這個角度遇合，不亢不卑，點燃勇氣、良知和智慧。

人生放釣

《伊索寓言》有三則捕魚故事。

漁夫甲攔河張網，且用繩子拴石頭，不停擊水，以讓魚群逃竄，懵懵懂懂撞進網裏。有人怪他攪渾河流，讓大家沒清水喝。他答說：「不把河水攪渾，我就得餓死。」為達私心，不擇手段，現實社會屢見不鮮。

漁夫乙海上打魚，捕得小魚一尾。小魚求他放生，待日後長大，再來供他食用。他說：「我放棄手中現成的利益，而去追求未來渺茫的東西，豈不成了大傻瓜？」急功近利，目光如豆，人性貪婪屢見不鮮。

另一群漁夫起網，網很沉，以為收獲必然豐碩。拉到岸邊一看，不料得魚少許，網裏裝的是一塊大石頭。他們懊喪傷心，最後由老漁夫出面勸慰。老漁夫說：「別難過，痛苦本是歡樂的姐妹。我們剛才高興過了，現在也該苦惱苦惱。」汲汲名利，得失心重，胸襟難免狹小。

釣魚也可能「每垂釣不設餌，志不在魚」。

姜太公千古名釣，直鉤離水三呎，釣的是時機。求明主、成功名，隱非真隱，釣非真釣，佳話難掩終南意圖。

莊子取適不取魚，屬於閒釣。楚威王派使者求他出山主政，莊子「持竿不顧」，還用「神龜」故事數落來者。去名利，脫凡俗，求取閒適心安，現在看來很酷，但不容易。

柳宗元用孤傲和抗議的身姿，獨釣寒江雪，也很酷；可惜內心很冷，一種憤世非世、清高孤絕的冷。因失意與不滿而放釣，終究滿腹辛酸苦澀。

我還是喜歡志在魚，且要釣勁很大，魚癮很足。離開伊索的漁夫，用澄明心境來釣魚，有固欣然無亦喜，這樣比較快樂。

　　志在魚也有不同的釣法。

　　唐代崔道融「閒釣江魚不釣名」、杜牧「白髮滄浪上，全忘是與非」和歐陽炯「擺脫塵機上釣船，免教榮辱有流年」是其一。

　　我更喜歡的是志在魚，但不只在魚。

　　海明威《老人與海》，志在魚，艱苦奮鬥，最後徒剩魚骸。人生的意義在過程，在這過程中活過且努力，也就夠了。悲歡苦樂、逆境挑戰，原是人生實相。沒問題的人生，才是大問題。

　　釣魚釣得最有氣魄的，當數莊子筆下的任公子。

　　任公子的釣繩粗黑、釣鉤巨重，他用五十頭犍牛做誘餌，蹲在會稽山，投竿東海，天天如此，整年釣不到魚。

　　忽而大魚吞鉤，翻騰震蕩，白浪如山，聲若鬼神，驚動千里。

　　任公子奮力釣上，剖魚臘乾，浙江以東、蒼梧以北，廣大居民盡皆飽餐。

　　——人生放釣，理當如此！

自強與無私

　　文化創業的路途上，我不斷學習。累積對的和警惕錯的過程中，我思考未來的方向。不學習和思考，沒有未來。我從人、事和書中借鑒，清楚文化創業的成敗，取決於信念的堅持與學習的速度。

　　傅興漢是我的創業夥伴。他掌實務硬體，由我虛擬情境。奇怪的是，這個社會瞭解或同情虛擬情境的多，明白或學習實務硬體的少。實學不學，虛名成名，為文化創業帶來幾分弔詭。

　　興漢於我，亦師亦友亦兄弟。他的想法比我深入剔透，做法比我務實有效，學習比我遼闊快速。論信念、魄力與誠心，我也不如他。1994年他創辦傳智國際學習機構，以「傳智人」演繹公司理念：「傳真情、創智慧、成就人」，氣度如此恢宏，也具體顯現他追求的理想人格與社會。1997年願景學習中心和大將書行成立，1999年大將介入華文出版，開拓學習產業鴻圖，根本不變。

　　憑實力，我們有太多發財機會，包括高薪徵聘和掛牌公司併購。但興漢說得很清楚：「商業以賺錢為目的；文化企業以賺錢為手段，文化才是最終目的。」利潤要賺，但絕非賺進自己的荷包。所以，我們除了想利潤，還想公益。沒有利潤，公司無法生存；不講公益，文化企業偽善欺世盜名，成不足道，敗不足惜。

　　所以，文化企業的存活發展基礎，是經營利潤的能力和方法。興漢說：「文化事業的大方向已定，不必經常討論；須要不斷提升的是能力，時時檢討的是方法。」

　　文化企業的運作體質是商業行為，而非慈善事業。外力是輔，強心是藥。而且商業是骨，文化是肉。有骨無肉，不像活人；有肉無骨，形同爛泥。

我也始終相信：成就不了自己，如何成就他人？文化企業也只有成功，沒有成仁；成仁是騙局，於事無補。

　　我對文化企業的許多想法，來自興漢。我解讀他，也幫他解讀。幕後必須走到臺前，更多的舞臺才會出現。這個社會必須有更多的傅興漢，文化企業才有更多能手與生機。

　　文化企業以人為本。「傳真情、創智慧、成就人」，是人本；主其事者的個性和習慣，也是成敗關鍵。強行先得強心，外求不如內省，力量才能結實凝聚與持續發揮。一顆健全的麥子，才能繁衍更多的麥子。

　　汶萊中正中學沈仁祥校長到訪大將書行，離馬前我送他。他揮手時說：「但有隆城大將在」。

　　——我想的，正是自強無私的傅興漢。

磊落登嘉樓

近年因工作東西奔走、南北縱橫，有機會認識更多的長輩和朋友。國都固然人文薈萃，其他地方為華社鞠躬盡瘁的熱心人士，也為數不少。文化工作者應多跑動，可以廣結善緣、開闊眼界和寬敞胸襟。

1990年前，傅興漢策劃「動地吟：全國巡迴詩曲朗唱會」，瓜拉登嘉樓有人主動搖電話來，要求安排演出。1999年，游川和我到關丹演講，這位長輩帶了一群朋友，趕二百多公里路，就為了再聽一次游川的朗誦。同年「動地吟」巡迴全國廿二場，瓜登一場照舊由他承辦。

卅年前，他從巴生遷居瓜登，從事鹹魚批發生意，工餘參與文化活動。後來馬華文化協會瓜登分會設立，他連同林玉通與馮福興等人，更積極的帶動中華文化，平時教導華樂、書法和氣功，每一兩個月就公開主辦文化活動。吉隆坡有重頭演出，他也會拉隊前來觀賞。北上檳城、南下新山，都有他的朋友。他慕名而去，學回很多，然後在瓜登傳揚。

支持母語教育，他更不落人後。東海岸只吉蘭丹中華一家華文獨中，在瓜登籌款，他總是一馬當先，甚至放下手頭工作，日曬雨淋，懇求商家友好捐獻。今年吉蘭丹中華獨中再度巡迴演出籌募教學經費，瓜登一站，目標十萬，他又站臺。近日只籌獲七萬餘，他馬不停蹄，念茲在茲，劍及履及。

他是我心儀的長輩。他用平凡的一生，為文化和教育燃燒自己。走在路上，他和我們相遇的每一個人相似，但他做的，比大部份人多。在這位長輩身上，我瞭解什麼叫「古道熱腸」和「薪火傳承」，我也知道自己懂得太少，該學該努力的還有很多。

只有五巴仙華人人口的瓜登，因為有這樣一個人，以及他身邊的朋友，因而有了讓我懷念的理由。每次我想起這個地方，就想起他、他的鹹魚店、他的人貨兩用車，以及他光明磊落的一生。於是，每當我想起，瓜登就有了味道、有了溫度、有了生氣和活力，也有了神采。

他知道我這個晚輩好酒，每回瓜登客旅，他總會為我準備Minuman Nila（一種棕櫚科椰花酒）。酒味很淡，糖份很高，更像果汁。我忌糖，但我喜歡。這酒有我溫醇的回憶，有長輩的心意，也有獨特的個性。

這次我千里來回瓜登，向路旁馬來攤販買了一包椰花酒。酒味依舊，但我只喝了一口。瓜登依舊，因為還有他的朋友。有些人我們必須送行，否則我們會一輩子愧疚。我知道，這次我送的，是我心目中的典範，也是華社長期忽略的典範。

我代表文化協會瓜登分會寫了篇祭文，朗讀給他聽。我又寫了這篇文章。

華社曾有這個人。華社應該記得這個人。

這位長輩，姓黃名耀銘；2000年10月23日與世長辭，享年四十八歲。

動物園的提琴手

　　馬斯洛早已說過：口腹之欲和強調溫飽，是人的最基本要求。最高層次的要求，是自我實現。換句話說：物質追求是人之常情，屬於動物層次。精神糧食才能讓人有別於動物。大人先生為衣食住行極盡花費，純屬動物行為，不足為怪。頂多，我們把這種人歸類為「會賺錢的動物」。高希均提出「社會大富，精神大窮」的說法，可以參考。

　　年輕一代耳濡目染，不論家庭、學校或社會，都告訴他們「成功＝有錢、有權、有名」，他們因而向動物看齊，也是必然。我們種下牡丹的種籽，不可能開出蓮花。不同的是，年輕的動物，「動物性」較低，要改造還來得及。老虎、老狐狸和老狗，早已習慣肉食；讓我們把吃齋的小羊、小牛和小馬，培養成人，才有希望。

　　馬來西亞相聲之父姚新光，常有笑中帶淚的故事。他為慈善義演，可以分文不取。數百里奔波，甚至自付車錢和住宿費。但邀請者倘是工商巨賈，姚老心中有數。他說：「看演出時間長短而定，最少馬幣兩千。我向2000年看齊。」

　　藝術免費的例子看多了，有人悲觀哀嘆；姚老積極，還自標身價。有藝術良知的讀者、聽眾和觀眾，請鼓掌。太多動物以為藝術免費，甚至有人開藝術的玩笑。姚老曾在演出後，上臺領取紀念品，主辦單位負責人是日用品製造商，分文不付，只送了他一大禮籃的男性化裝品！姚老當眾退回。

　　我看過一幅西洋漫畫：一位母親帶兒子去學小提琴，走過乞丐提琴手面前，她用雙手矇住兒子的眼睛。

一代又一代，我們都要矇住孩子的眼睛嗎？學琴的孩子雖不會變壞，但顯然的，也沒什麼前途。——動物園不可能培養提琴手，更甭說一流的提琴手。

所以，姚老開價兩千，因為藝術有價。至少，讓一天到晚想白吃的大老鼠知道：藝術是要花代價去學習、鑽研和堅持，才有成果的。要享受別人努力的成果，請付錢。而且，要讓我們的下一代知道：藝術，也可以賺吃，甚至發財。他們才會繼續走藝術這條路。

不有死者，無以圖將來。

姚老，乾杯！

失望症候群

　　中年轉行，一切從頭開始，日子更是忙碌，幾乎每個週末都不在家。有一回，我女兒問：「爸爸，你為什麼不當校長？」我心中一驚，問道：「為什麼這麼問？」她說：「以前你當校長，有較多的時間陪我玩，週末也會帶我去逛街。」看著小小的她，我沉默下來。過沒幾個月，她突然喃喃自語：「如果爸爸還繼續教書多好。」我又驚問：「為什麼？」她回答：「那我升上中學，你可以教我啊！我們也可以天天一起上學和放學。」

　　女兒五、六歲時，我偶爾夜歸，她總會問：「爸爸幾點回來？」轉行之初，我常深夜不歸，手提電話總在晚上九時響起：「爸爸幾點回來？這麼遲的。」一晚會打好多次，越催越急。後來，電話少了。再後來，她不再打電話問爸爸幾點回家了。水闊魚沉，漸行漸遠。我想，對一個無法早回家的爸爸，她開始失望了。她開始煩躁和不聽話，縱使我夜裏在家，她依然愛耍性子，和妹妹吵架，對功課發脾氣。這是「失望症候群」嗎？如果有一天，她真的絕望了，爸爸就不再是爸爸，家就不再是家。──但願不會有這麼一天。我希望她快樂，希望她有個好爸爸。

　　我儘量和她溝通。同睡的夜裏陪她聊天、讀她正在讀的故事書，尋找共同話題；週末外出工作，儘量帶她同行。甚至，偶爾告訴她「大人的心事」，企圖博取一些些「諒解」。外地出差，我一定想辦法帶點小東西回來，換取她的粲然一笑，讓她感受到：爸爸一直在想念她，希望她不要對爸爸絕望。

　　許多時候，世間事物的道理是一樣的。我因而想到領袖。領袖如果忙得遠離群眾、忘記群眾，群眾一定會失望。當領袖只想到自己，忙於權益，然後又忙於用萬千堂皇理由來粉飾個人的自私自

利，人民終會離去。政治的「失望症候群」，從痛心演變成厭惡、唾棄、麻木、憤怒、叛逆、反抗⋯⋯失望症候群的致命一擊，是絕望。哀莫大於心死。心死也許是不聞不問、無感無知；也許是揭竿起義、改朝換代。歷史顯然鍾愛後者，所以常演「民心思變」這齣戲，換了演員搬演幾千年。

　　留點時間讀讀歷史。留點時間陪陪人民。留點時間找找良心。良心常和人民在一起。所以，遠離人民，就是遠離良心。

　　怕只怕：良藥苦口，心病難醫。所以我們常心痛和心冷。太多人心痛和心冷，我們肯定變心。

童年・中秋・燒鴨腿

　　小時候沒坐過飛機，所以很羨慕那幾箱月餅和燒鵝燒鴨。

　　每年中秋前夕，一定有兩箱月餅和兩箱燒鵝燒鴨，天外飛來我家。

　　那種月餅我沒看過，黑色，直徑六、七吋，圓圓扁扁軟綿綿，上有芝麻，中有豆沙。後來才知道是與眾不同的潮州月餅。

　　燒鵝燒鴨又肥又大，色澤金黃，香噴噴的，彷彿剛剛烤熟。來吉隆坡工作後，在茨廠街看到四眼仔燒鴨，熟口熟臉的，竟像他鄉遇故知。

　　有一回再也忍不著好奇心，問長輩月餅和燒鵝燒鴨是從哪飛來的？答案是吉隆坡。

　　那一定很貴囉？十多二十片月餅、兩隻燒鵝和四、五隻燒鴨，加上空運費要好幾百元罷！三、四十年前的一毛錢，比牛車輪還大。

　　潮州月餅我不愛，對燒鵝燒鴨卻情有獨鍾。長子長孫最大，所以鵝腿歸老爸，鴨腿歸我。

　　啃骨頭時，問題又浮上心頭：是誰送的呢？年年如此，為什麼？

　　長輩說：吉隆坡一位潮州人送的。

　　為什麼？

　　因為你阿公幫過他。

　　為什麼？

　　他來檳城投標醫院食堂，你阿公讓他住在我們家樓上。

　　為什麼？

　　他那時沒錢，阿公讓他免費吃住。

　　為什麼送那麼多月餅和燒鵝燒鴨？

　　因為你阿公有三個老婆整廿個孩子，這樣才夠分。

為什麼阿公有那麼多老婆？

死囝仔有耳沒嘴。吃你的鴨腿。

我祖父海派作風，娶老婆生孩子亦當如是。新年拍全家照如班級照，坐一排，後加長櫈站兩排，最前再蹲一排橄欖孫，懷裡抱的還沒算。那位男校長笑嘻嘻，三位女老師臉臭臭。

祖父和小販殺價，對方一定人頭落地，而且祖父一出口就是福建話三字經，以洪鐘音量問候人家老母，敵手未戰先敗。他買榴槤用「籮」計，叫羅厘載回家。

三個老婆我不敢有樣學樣。這叫不肖子孫。

三字經年輕時朗朗上口，後來絕口。這叫數典忘祖。

但至今，我還是很想叫羅厘載幾籮榴槤回家，吃不完分送親友。未婚前甚至夢想娶個榴槤園主的女兒，結果嬌妻在懷，榴槤落空。婚後，仍然夢想女兒嫁給榴槤園主的兒子，就為了那區區幾籮。這叫人生為夢想而活，或堅定不移。

啊，差點只記得果王忘了祖父。他曾經富有，救急濟貧，就像家常便飯。我怎麼知道？因為常有「山頂人」一手提著一大籃雞蛋，另一手拎著兩三隻肥雞，腰邊還掛一包自製的糕餅，走很遠的路送到我家。離開前，嘴上還一直感謝感謝感謝。

祖父是米商，在檳城社尾灣頭仔創立「泰南號」。他去世後，公司寶號今猶在，只是店址改，換成三房經營。最近我回老家，特地為公司拍幾張照片，也和三房姑姑親切聊幾句。祖父也曾在檳城壟尾投資開採錫米，附近是墳場，命定倒閉。

祖父晚年患上痴呆症，由三房照顧。從此山河變色，空運改道，月餅和燒鵝燒鴨飛去了三房家裡。我身在大房，鴨屎也沒分到。

母親說：那位潮州人年年送禮，直到阿公去世。

聽起來真像傳奇故事。

因為有人免費提供短暫的膳宿，結果年年空運四箱潮州月餅和燒鵝燒鴨，長達二、三十載。

如此中秋，如此情義。

有的時候，要慷慨助人；沒的時候，要記得別人的恩惠。

而且滴水之恩，泉湧以報。而且用一生來答謝。

後來沒再吃到中秋節的燒鴨腿，我沒埋怨，但很想知道那位潮州人是誰？

母親說：如果你老爸還在，應該會告訴你答案。

我真想見見他，當面說聲：謝謝。

為我家，也為鴨腿、潮州月餅和燒鵝。

還有，後來我才學會的：要感恩，不要結怨、懷恨與記仇。

寬恕，是母親教我的。

你的故事從母親開始

「在你自己的故事背後，永遠有你母親的故事，因為你的故事得從她那兒開始講。」

同事說這本書好看，問我要不要讀。我說好；雖然家裡床邊書架還有一堆書排隊等待。這本插隊的書，我花了三個晚上就看完，也只能用「感動」二字來形容。米奇·艾爾邦（Mitch Albom）的《再給我一天》（For One More Day）。

也許，當我們愈覺得虧欠母親太多，這樣的書愈能觸動心靈。我是這樣的讀者：一個經常在別人的書或故事裡遇見自己的讀者。彷彿時空錯亂，卻又如此熟悉。重要的是走出書本，回到現實檢視自己的生命。

查理從小就聽取父親的嚴訓：要麼你成為父親的兒子，要麼成為母親的兒子。父親要他長大後成為職業棒球手，母親要他上大學。他有個妹妹。有一天，父親突然失蹤，一個完整的家庭變成四分之三，由母親堅苦打拼過活。

他上了大學，卻與父親重逢，沒念完就輟學打職業棒球，重創母親的心。後來因受傷謀生不順，他變得乖僻難纏、自暴自棄，終日酗酒，妻女因而離去。當他得知獨生愛女連婚禮也不要他參加，他決定自殺。

一場嚴重車禍讓他與死去的母親重聚，在老家小鎮渡過很平常的一天。回憶與感恩的路從這裡開始，他重新認識母親，知道她為家庭和孩子所做的犧牲，也懂得她寬恕了丈夫和孩子。這一天讓他「復活」。

編者簡介此書的最後一句是：「如果再給你一天，你想陪著誰渡過？」

　　我常想念母親。因為我是她不孝也是問題多多的孩子。

　　最近，二姐陪她到吉隆坡來探望兒孫，住兩晚又轉到馬六甲大女兒家，三天後坐長途巴士回檳城。她最怕旅行，有一回坐車腳冷竟嚴重感冒。要她到國外遊玩，她說免了，沒有比在家更舒服的地方，又說怕坐飛機。

　　但是，為了孩子，再遠她也不說勞累，再勞累她也甘之如飴。正如為了養家，她當了十八年小販，清晨四五點起身，凌晨一兩點入睡，手指因經常浸水龜裂，容顏因日夜操勞老去。她愛美，但不曾怨歎。五十歲以後，她原諒了丈夫。

　　我的一生，深受母親影響。當我面對孩子，我想起母親；當我行差踏錯，我想起母親。我如果有什麼良好品德或細微成就，功歸母親。她說的話，我都相信，也都記得。我的故事，從母親開始。

　　然而，我終究是她不孝的長子，喜歡我行我素，偶爾惹是生非。我唯一的藉口是：我的大姐承額、二姐承收和弟弟承積，很會照顧母親。我呢？年近半百，還在力求不讓母親擔心或傷心。

　　七十多歲的她，除了孩子孫兒，真的什麼都不要了。給她一千八百零用，她說有錢沒地方花；送她余仁生燕窩，她說拿回去給你女兒補一補；請她到外頭吃一餐，她說她煮的，難道不更便宜又好吃？

　　《再給我一天》作者有兩句話，可以送給我自己；也許，可以送給您：

　　「我想重新來過，用對的方式與我所愛的人好好相處。」

　　「與你所愛的人相處一整天，可以改變一切。」

小桔燈

你問我快不快樂，我的答案很簡單：人生五味雜陳；你看重什麼，你就得到什麼。

晚飯後，長女杏兒突然問我：「爸，你讀過冰心的文章〈小桔燈〉嗎？」我吃了一驚，老實回答：「沒。只讀過她的詩。」她又問：「誰是魯迅？」我差點從沙發上掉下來，說：「他寫雜文，也寫小說，批評時弊。」輪到我當考官了：「〈小桔燈〉寫什麼？」她說：「一則小故事。她去別人家，夜了，小女孩用桔子做燈籠，讓她提著回家。」我說：「爸爸十多歲買的冰心著作，以及游川乾爹送的《魯迅全集》都放在出版社，明天扛回來，妳得空就翻翻。」

第二天到辦公室，我先把書找出來，然後上網搜尋〈小桔燈〉。一篇溫馨的好文章。快樂油然而生，因為女兒，我讀到一篇佳作。其實，三個女兒經常要我做功課，問一些我得想盡辦法回答的問題。父女的心靈世界，在這裏重疊。

她們從小就愛睡前故事，開啟神奇世界的大門。老大老二上了小學自己找書來讀，畢業前讀完金庸小說。中學開始愛看奇幻小說，有時跟老爸讀些奇怪的書：《風之影》《追風箏的孩子》《歷史學家》等。我心想：說不定哪天，她們會來碰我的文學書。但不勉強，只要她們喜歡好故事，花自飄零水自流。

她們的成長都很「正常」：課業成績不錯，喜歡朋友、課外活動、漫畫和上網看YouTube。杏兒上鋼琴課和圖書館學會、小詩參加合唱團和童軍、芹芹最愛繪畫和小狗毛毛。只要她們快樂，雖執鞭之士，吾亦為之。

然而，十六歲念高一的杏兒問起冰心和魯迅，在這手機短訊和電腦遊戲流行的年代，似乎不太正常。也許，這該歸功於她參加圖

書館學會。在書架轉彎的地方，或塵封的某個角落，她總會碰上幾個亮麗的名字，然後以小貓的好奇，加上她老爸以老狗的嗅覺，提盞小桔燈，一路搜索答案。（這樣形容，她看了一定嘎嘎笑。）

　　「我提著這靈巧的小桔燈，慢慢地在黑暗潮濕的山路上走著。這朦朧的桔紅的光，實在照不了多遠，但這小姑娘的鎮定、勇敢、樂觀的精神鼓舞了我，我似乎覺得眼前有無限光明！」

　　人生五味雜陳。你問我快不快樂，我的答案很簡單。

笑聲

三個女兒當中，杏兒讀到有趣的故事情節，笑得最大聲，然後會吱吱喳喳，跟她母親和妹妹分享。

也許我該這麼說：她最會享受閱讀。在閱讀的天地裡，她獨樂樂，也眾樂樂。

她老爸呢？總是「沉默如一枚地雷」，靜靜的看書，偶爾把心得化為文字。只有當我想影響女兒也來讀某本書時，會在心裏設計一番話才開口。我怕介紹錯了，女兒扣除老爸的閱讀信用分數。

我是經常神經過敏的老爸，怕女兒吃不飽、睡不好，最怕女兒不快樂。我希望她們有個快樂的童年，所以我家的玩具多到可以開店；我希望她們能快快樂樂的成長，所以她們的要求我全力以赴；我還貪心的希望她們一生快樂，所以我拼命讀書苦學智慧，但願有朝一日，我能幫助她們解決人生的難題。

所以，我真喜歡女兒的笑聲。

聽到她們的笑聲，塵俗的風浪就會消退遠逝。

聽到她們的笑聲，天下就沒有什麼大不了的事了。

這時，我的心靜了下來，去聆聽她們的笑聲。

像清清淨淨的水，流過綠意盎然的山谷；像甘甘爽爽的風，吹過平坦遼闊的草地；像輕輕柔柔的雲，飄過寧靜深遠的天空。

這時，我看到自己晶瑩透徹的心，沒有渣滓、沒有滯礙，也沒有界限。

然後裏頭孕生一種感覺。它來自四面八方，緩緩的、暖暖的，向我靠攏，將我擁抱，最後凝聚成天地的中心。

這種感覺叫感激。

女兒漸漸長大了，家就慢慢變小了。

　　我告訴她們：只有一樣東西，像她們喜歡的魔法，能把家變大，變成空曠的天地和完整的世界。

　　這樣東西來自心底。

　　這樣東西叫笑聲。

命名奇譚

祖父去世時沒留下什麼。

父親去世時也沒留下什麼。

但有傳世一招：擅長為兒孫命名。

我問過母親：我們兄弟姐妹名字的由來。

她說：你阿公很會命名。

你大姐叫承額。額是額頭，就是頭一個。

後來生你二姐。又是女的，阿公說虧本貨別賣該收了，就叫承收。

後來是你。這回心滿意足，終於得個男孫，所以叫承得。

最後是你弟弟承積。兩男兩女，兩個好字，積者聚也、多也、夠也。

──這些都是我媽說的。我媽怎麼說，我就怎麼相信。當然，我加點油醋難免，還有之乎者也。

那天吃飯，我告訴三個寶貝：「杏兒的名字是花，芹芹的是菜。只有小詩的不是植物。」

老么芹芹剛學識字，我得補充：「杏字一個木一個口，木在上口在下。如果倒反了，寫成口上木下，就變成呆字。」她們笑得很快樂。

「至於芹字，那是草一斤，不值錢。」她們又笑得很快樂。

我問杏兒：「還記得杏花的樣子嗎？萼紅瓣白蕊黃，很美哦！」

她說沒見過。我說妳忘了，小時候爸爸找照片給妳看過的。

我又把書找出來，對她說：「哪，這就是杏花。」

她說：「嗯，也不怎樣。」

──怎麼會「嗯，也不怎樣」呢？

杏兒之名是她祖父取的。

太太懷胎時，我爸說：「男的叫立大。無信不立，有容乃大。女的叫采杏。」我佩服老爸有學問，也等待他解釋孫女的命名，但沒下文。

杏兒誕生前，爸已逝世，把答案也帶走了，留給我猜謎。反正他不擔心，兒子學問不錯，最會自圓其說。

麗春三月，「杏花枝上著春風，十里煙村一色紅」「綠楊煙外曉寒輕，紅杏枝頭春意鬧」「小樓一夜聽春雨，深巷明朝賣杏花」「綠水紅橋夾杏花，數間茅屋似仙家」「活色生香第一流」「無限行人立馬看」。

杏兒生於農曆三月。我爸是這個意思罷！

詩詞寫得真美，我真喜歡杏花。

然而，裏頭有更深重的感情。

一如聖訓，爸也只說個「立命原則」就離去：以後男的是「大」字輩，女的是「采」字輩。

我又生二女。名字我取，我媽蓋章簽准。

我喜歡詩，老二采詩生於端午後一天，陽曆六月六日。

醫生說：五月初五不錯，要不要提前一天？

我說錯了。順其自然，幹嘛趕著投江自盡？

我沒說：陽曆六月六日是國際詩人節。

周朝設有采詩官，巡遊各地，採集民間歌謠以體察民俗風情和政治得失，再經後人修訂編入《詩經》。所有和文化有關的職業當中，采詩官最古老，也最具文化品味。真是好名字。（我真怕老二又說：「嗯，也不怎樣。」）

我愛書，草一斤的老么叫采芹。

「采芹人」是古代讀書人的美稱，典出《詩經‧魯頌‧泮水》：「思樂泮水，薄采其芹。」

泮水旁的泮宮是魯國學宮，後世讀書人考中秀才到孔廟致祭，得在大成門的泮池采水芹插帽上，才算是真正的士子。《紅樓夢》大觀園有賈寶玉對聯：「新漲綠添浣葛處，好雲香護采芹人。」水芹莖管空心通暢，揚州人叫「路路通」。真是好名字。（老么還小，也怕打屁股，不會說：「嗯，也不怎樣。」）

　　弟弟生傅家傳人，就用「立大」。後因事母至孝，又生一子，問我該叫什麼「大」。

　　我說天！老爸真會考人，走後還有第二道題目，真使我頭大如斗。

　　因為「頭大如斗」，再加「才高八斗半」，我想起幸好大學讀了點文字學，又剛好「元」字的本意，是端也、首也、體之長也。（長讀長大之長，而非長短之長。）

　　那就叫元大，取意「元亨利貞，大吉大利」，典出《易經》。

　　這姪兒今年十二歲，自小頭大體大，長得圓圓的。蓋因我媽的九字真經就是：愛他疼他，就要餵飽他。

　　傅家有沒有皇位第三繼承人？

　　至今沒有。

　　倘有，該叫什麼「大」？

　　天知道。

　　也許「光大」，也許「正大」。

　　也許「福大」，也許「命大」。

　　也許位居老三，偏要人叫他「老大」。

　　就是不要「自大」。

富貴如姚老

2004年8月20日，姚老新光，與世長辭。

其實，我們知道姚老有很多想做的事情還沒做。

這個社會就是這樣：讓有心人走得不安心，有志者壯志未酬。

姚老用笑聲走過一生，臨終仍然奮發向上。偉岸的生命，留下一些故事讓親友思念；更多的，卻是無知無覺的人。

和他同走在文化道路上的朋友，一定看得出他笑聲背後的認真：對生命的認真，對文化事業的認真。像大樹庇蔭後世，自己卻是認真成長的。沒有埋怨貧瘠的土地或乖舛的命運，偶爾冷嘲熱諷，更多是風過時爽朗的笑聲和汲汲努力的展現。彷彿，他是想以一棵大樹的身姿，成為崇山峻嶺，成為能與天地對話的某種神靈。那是立於這片土地，往上伸展的雄心。

我是這樣思念姚老。想他的個性，想他的愛護，想他星夜奔波不計酬勞為文化活動趕場。想他，和他未竟的心願。姚老為這社會做了什麼，朋友都看得見，看不見的是瞎眼的。姚老還沒做什麼？他的園林藝術？他的相聲資料全集？這些都不太困難。他想做的，肯定是更困難的事。他一生淡泊瀟灑，這些事也肯定和身外名物無關。

我想是教育。但與其說是教育，不如說是教養──人的教養、社會的教養。教育有太多的迷思和誤導；教養，是生命的品質，是生命閃閃的晶華。相聲教學演出與華語正音運動等，只是姚老選擇教養的其中兩種方式，他覺得自在，覺得有意義，但不等於他要的只是這些。就像他喜歡喝酒，他要的應也只是更為清醒的酒意。竹葉青或二鍋頭，對他而言不只是酒。他說過的：「華語正音是要讓我們有一天站在聯合國的舞臺上，說別人聽得懂的華語。」他說的，其實是尊嚴。

姚老是瞭解自己的，正如他瞭解自己的酒量。他生於新村貧戶，靠自己的血汗去經營相對舒適的生活，然後提早退休，做自己想做的事。

　　他令我尊敬的地方就在這裏：他做自己想做的事，這些事裏頭，卻沒有他自己。

　　也許，教養的最終意義，就是沒有自己。因為沒有自己，沒有私心，結果活出尊嚴。能把尊嚴和自己有興趣的事合一並行，這裡頭有生命的抉擇，有自得其樂的本事，有清清白白且清晰可辨的足跡。

　　至於姚老未竟的心願，順其自然罷！

　　順其自然的意思是：當我們選擇尊嚴，選擇自在，選擇依自己有興趣的事去幫忙社會──選擇這樣的「富貴」，姚老真的富有，真的教會我們許多許多。

　　讓我們這樣的思念姚老。讓我們再叫一聲：姚老。

絕響──祭游川

老哥：

許多事情，無法等待將來。

總想有那麼一天，我們的孩子都大了，兩老圖個清靜，找個地方看山看水、看風看月。也許，種點蔬果，養些豬雞，採了劏了煎炒下酒。也許，讀點書、讀點詩。這是我對你說過的，正如你曾經想在彭亨州文冬買地養老。

然而，這樣就過去了。你說還要打拼最後的十年，賺孩子將來的教育費。就這樣憂心和忙碌。以前你忙的是奶粉錢，孩子慢慢成長，你還得為他們盤算將來。這一路忙下去，只希望我們都活得長命些，留點時間看看山水風月。

是。我也要忙孩子的教育費。我還有一些要忙的。大將出版社架設了部落格，我要把你作品全掛上去。我還要整理「動地吟」的資料，讓聲音的演出，留下無聲的記錄。我以為還有時間，可以慢慢做這些事。

未來，卻那麼快就到了眼前。我措手不及。老哥。

你走了，我就離開醫院。有人在你面前哭，我只覺得虛假。不要偏激，這是我始終沒學會的。有人幫你辦理後事，這就夠了。我關掉手機，只想靜靜的想你。也坐在電腦前，把你和「動地吟」的影像，整理後一幀一幀掃描成檔。也許，這樣就可以少些思念。朋友關心我的情況，我只能感激，卻無言以對。

我知道你是要走的，只是不曉得會如此倉促。這兩年來，你放棄了過去所堅持的。對人對事變得溫順了。只剩下對孩子的責任，你依然堅持。除了孩子，你找不到快樂。許多事你都忍受下來，保持沉默。3月9日我們在內蒙古酒家喝酒，我第一次看你醉得無法回

家。你不快樂。我想把令你不快樂的人事寫下來，這會傷人，你一定會說：算了。算了。這多麼不像你的口脗；但這確是你這兩年來的口頭禪。死因是心臟病嗎？寬恕，是我始終學不會的。

我已不想多說。留下的歲月，我只想靜靜為你做點事。

這段故事，已經結束。文壇abang adik（兄弟）的故事。我只剩下幾句話要說。說給活人聽。

我們交往相知，只因為我們都向往心靈的自由。不落俗套、不理批評、不受束縛、不求諒解、任性而為、活得自在，隨便怎樣形容都可以。讓自以為是的人，繼續自以為是。只有自由的心靈，才能理解自由的心靈。脫下心靈的金箍圈，你放不下的只有孩子；我的，是母親和女兒。

我不送行。老哥。

你的骨灰，還諸天地。

你的靈位，在我心裡。

你的朗誦，我始終不想錄音。你提過，但隨意。

我就是要你的聲音，在天地間成為絕響。

傅老
11.4.2007

朋友

　　我選擇了金馬崙線，理由是沒走過。進打巴路上金馬崙，通新路往話望生，然後抵達哥打峇魯，入宿E & E客棧。

　　前輩許燕禮先生知道我的心情。我們去吃鰻魚。同行的還有丘玉清老師。車子駛入月光海灘，停在簡陋的Sento海鮮館前。一切都沒改變：亞答屋頂的小亭、木椅木桌、昏黃的燈光。我們笑說是否又要等兩三小時才上菜。我說：上回游川來，我們就坐那張長桌，他邊吃邊揮汗說過癮。

　　謝愛英副校長來了，接著是張瑞泉校長。果然又是一瓶家釀葡萄酒。張校長說他走了一回絲綢之路，見識了夜光杯。又談起「動地吟」，我說你該為游川寫篇紀念文章，他爽快答應。上回游川來吃的榴槤，他說叫Kunyit。謝副校長是他太座，馬上拿起手機打給黃先生。黃先生說快掉光了，剩下幾顆也已有人訂。葡萄酒剩半瓶，我說我帶走。

　　翌晨吃了Nasi Dagang，我到中正中學演講，來了老朋友朱慶平校長、劉衍精督學、中正校友會前主席李純源兄。中午一桌圍談，吃青草飯。臨走，張校長打開車廂取出紙箱，裡頭有三顆Kunyit。我去「搶」來的，他說。黃先生知道你要，也不收錢。

　　我告訴同事宇琛：我們走東西大道回。經過Banding湖，那是游川和我拍照的地方。我終究是要經過這裏，看這片湖光山色。

　　吉蘭丹行是為了告知朋友游川逝世的情況，以及將來打算為他做的事情。游川和我來時，他們拿一兩桶的海底椰花酒來，說去吃泰式豬腳和炒蜜蜂。這回，游川成了記憶中的名字，他們和我都有同樣的心情。

我說：我沒想念游川，也沒夢見他。我整理他的詩和資料，打算給他出全集和辦活動。我選擇將來。過去，是我個人的事。

我們依然吃喝笑談。一切都沒改變。

南北大道一路風雨。

綠葉轉黃的心情

　　也許曾經執教，我更能體認教書的意義，更能看出教學的付出。這些年來「江湖跑動」，在校園遇見許多好老師，真的非常感動。

　　雪蘭莪斯里士拉央國中的王賽梅老師，全校只有八十多位華裔生，仍堅持為他們辦華文活動，邀我演講。事後我發短訊向她道謝，也表示瞭解她的辛苦。她回覆的大意是：身帶漸寬終不悔，教華文捨我其誰。她沒說的是：教書不只是職業，更是理想。

　　吉隆坡康樂國中的葉鳳梅老師，當年以滿分成績考上馬來亞大學中文系，畢業後立志當華文老師。她說和學生溝通，一定要看報紙的娛樂版。又說每次學年結束，班上剩下的班費她分回給學生，要他們用來行善，例如捐助慈善機構，讓學生學習關懷和幫助別人。懂得不只是教書，更重要是教人的老師，真精彩，也真了不起。

　　瓜拉登嘉樓中華維新國中的傅麗鳳老師是華文主任，要教八、九班華文，作業如山，會議如海，還要填寫許多表格和報告。她家住霹靂，假期奔波東西大道。問她為何不申請調回老家？她淡淡的說：瓜登不容易找到華文老師。又補充：每年三、四月，東西大道綠葉轉黃，真像秋天。

　　──是啊！我心想。宋朝楊萬里有這樣的詩句：

　　風風雨雨又春窮，白白朱朱已眼空。

　　拼卻老紅一萬點，換將新綠百千重。

　　這樣的老師，還有很多。這也是為什麼離開了教育界，我始終沒對教育失望的原因。

野草花

　　為「愛心華小計劃」西馬巡迴演講廿多場，風塵僕僕，卻也印象深刻和感動。這些華小多處偏遠地區，我從未到過。有的學生數百，有的幾十，大多因人口外移而逐年減少。以前讀報的新聞，如今映入眼簾。

　　我們的先輩在荒山野嶺墾殖開礦，興學辦教。當年的課室已破舊不堪，靠的是一代又一代，刻苦傳承薪火的董家教，修補或重建，讓華教還有擋風遮雨的立身之地，讓子孫還有接受母語教育的機遇。

　　城市或鄉區華小辦學，各有難處，但後者更是資源匱乏。登嘉樓樂群華小在亞益仁耐（Ayer Jernih），這個海南村只有一條街，全是木屋。其他華小多在華人新村，村民務農或捕魚。

　　一位校長說：他的學生家長有一段時日沒出海捕魚了，因為馬六甲海峽的蘇門答臘海盜猖狂，甚至和印尼海警合作，打搶漁船。馬來西亞海警呢？我問。校長說：反正受害的是華人，沒人要理。

　　華小的處境依稀彷彿。我們只能靠自己。愛心計劃讓我看到有些華小校長非常長進。霹靂實兆遠新甘光（Kg. Baru）華小的馬利凱校長，走馬上任即拜訪每一位家長，並常為他們辦講座會。吉打仁嶺（Jeniang）華小的董事和家長，贈送華小檢定考試優秀生一人一輛腳車。華小，還有許許多多為學校和學生想盡辦法的人。

　　這是我們的希望所在。也許艱難，但不氣餒。

　　風風雨雨，正好鍛鍊我們的體格和氣魄。

　　我演講前後不忘看看校舍、花草樹木、村景和山水。許多時候，在校園沒人注意的角落，常有一叢叢開滿小花的野草茂密生長。細心觀賞，它們生機盎然。也許，這就是存活發展的道理。

當沒人灌溉施肥，我們必須靠自己。

自力更生。自強不息。自成風景。

彩繪童年

美湖（Gertak Sanggul）是檳島東南偏遠一角的小小漁村，路尾是培英華小。學生七、八十名，包括徐薔荔校長共有八位教員，全是女老師。

我演講前是校長和幾位老師準備音響搬白板，女將女兵，親力親為。學校隔鄰也有養豬戶，我甫下車就糞香撲鼻。校長卻笑說：你真幸運，今天沒什麼味道。我心想：好久好久沒聞到這股親切的味道了。我外婆家是養豬的，每次探望歸來，祖父一定問：今日豬屎吃幾缽？我的童年，很有味道。

演講完畢，我留下學生在會場選購書籍，獨自信步參觀校園。

三位年輕的女老師或站或坐，正聚精會神的為壁畫上色，地上鋪洋灰紙袋擺滿顏料。畫面是兩女一男三個小孩，繞著大樹遊戲歡笑。還有蘑菇、彩蝶、水蠟燭和天堂鳥等。青藍褐已著色，她們一筆一筆填上紅橙黃。

這時校長和家教主席走來，說改建新校舍花了兩百多萬，州政府出十萬，其餘都是當地華社的血汗錢。如果再請外人繪制壁畫，要一千多元，結果老師自動請纓。其中一位老師來自霹靂州華都牙也（Batu Gajah），校長說希望她嫁給檳城人，可以落地生根，長期為培英服務。

我靜靜的看著那幅壁畫，想起我釣魚、捉鳥、捕蝶、玩彈珠、鬥蠅虎、賽風箏、水瀾洩洪時在亞依淡河游泳、脫光衣服衝入雨中，以及在林中爬樹摘吃紅毛丹玩躲貓貓的童年。這是最近我為小女兒講的睡前故事。孩子在城市長大，沒有這樣的童年。

　　我靜靜的看著那三位美麗的女老師。她們為學生和學校多做了一些事情。其中最重要的是：為學生彩繪童年。她們手中的畫筆，為校園增添色彩；她們心中的畫筆，讓童年斑斕亮麗。

　　華小，還有很多很多這樣的老師，靜靜的為小小的心靈上色。

　　因為欣賞，因為感激，讓我們鼓掌。

生死與共

　　1997年5月，我離開教育界，投身書業與出版。從教書到出書與賣書，我始終與教育掛鉤，只是更換較大的場域，以及跳出校園拓展經驗和視野。

　　大將出版社不出學校書（課本、參考書和作業簿），它所關懷的，是華文閱讀。因此，它也走入校園積極推廣，包括主辦演講和書展。我所接觸的，主要仍是華文老師——獨中、國民型中學與國民中學母語班的華文老師。面對他們，總讓我想起十多年的教學生涯。

　　教華文真不容易。我曾執教的獨中，每班六十人，學生作業規定作文十二篇。每位華文教師平均教四班。六十乘十二乘四，一年要改兩千八百八十篇作文。每篇平均花十五分鐘批改，共四萬三千二百分鐘。

　　這等於說：不眠不休，不吃喝不上廁所，單是改作文就要花三十天！

　　此外，華文老師還肩負「傳承中華文化的使命」，教書之外還要教人：禮義廉恥、修齊治平；繼往聖之絕學，開萬世之太平。彷彿，教華文不只要有機械人的精力，還要有往聖先賢的志向。

　　然而，學生身在福中不知福，外界影響也越來越多：影、視、漫畫、流行歌曲、電子遊戲、電腦網路和手機等，無不讓他們分心。還有多少學生願意聽老師「講耶穌」呢？他們能對華文有興趣和專心聽課，已是菩薩保佑和祖宗積德了。

　　於是，老師除了敬業樂業，還得身兼歌手和演員，使盡渾身解數，但求頑石頭點，提神上華文課，堅持報考華文。

　　我看到這樣的老師，經常想起諸葛亮——鞠躬盡瘁，死而後已。這些獻身華文教學的老師，恐怕也會想起孔明先生，「夙夜憂

勤，恐託付不效」；遇到不肯點頭的頑石，更是「臨『生』涕泣，不知所云」。

　　我協助華總文化委員會和余仁生舉辦「全國華文科教師教學經驗談」徵文賽、出版得獎作品集《苦瓜的滋味》和推動「華文快樂教學一日營」，也寫過幾篇讚賞文章，就因為我曾身在其中，至今仍常與華文教師接觸，以及尊敬和佩服那些對華文教學終身不渝的老師。

　　陳達真博士和駱榮富董事經理都是有心人。今年，大將出版社主辦「第一屆華文教學獎」，殊途同歸。華文老師「吾道不孤」，只要繼續「不懈於內」和「忘身於外」，這個社會一定會有知音來「恢宏志士之氣」，華文教學也一定會苦盡甘來。

　　「佛家說萬物皆有情。我常想華文若也有情，也應與我一樣輪迴轉世，而它應是我前世虧欠的情人，注定今世我們糾纏不清，不離不棄。詩歌該是你前世抑或生生世世的情人？」

　　這是三年前，吉隆坡康樂國中的葉鳳梅老師寄給我的短訊。我很感動，抄下保存。

　　教華文，其實和寫詩一樣，是一種心情和感受。

　　有這份心情和感受，就會認同意義，全力以赴，雖苦猶甘，乃至生死相許。無，則苦不堪言，則倦累疲憊，則心如槁木。

我家的保安系統

我家去年安裝保安系統。安裝費數千，每月保養費數百。

朋友問：什麼保安系統要每月付保養費的？

我說：何止保養費。每日晨昏還要清掃兩次、帶出去屎尿兩次。偶爾生病受傷另付醫藥費。

朋友問：有這種保安系統？什麼牌子的？

我說：名種。一是Pomeranian；一是Bull Mastiff。博美狗陪孩子玩；斗牛獒犬看門。

朋友笑說：你那麼忙，何必花錢找麻煩？

我說：你對一半錯一半。花錢是為了買安全。君不見報章日有偷竊、掠奪和姦殺案新聞乎？傅家三千金，大的亭亭玉立，小的天真活潑。加我老婆共四個茶煲，茶杯只我一隻。多兩條狗，安全或有保障。

長女說：整天獃在家很悶，想和同學去某購物中心唱K。

我說：No。那裏曾發生姦殺案。

次女說：那我可不可以到另一家逛逛？

我說：No。那裡也曾發生姦殺案。

么女說：爸爸，我帶狐狸狗去公園玩。

我說：Yes，但得爸爸陪妳去。前幾天，家門口才發生掠奪案。婦女遇劫，從街頭追喊到路尾，聲音還在爸爸耳中繚繞。

五十年前，我家養狗是為了提防四腳蛇偷雞鴨。

廿年前，我朋友養狗，因為發生馬華公會黨爭。他養九條，把三位政治人物的名字拆開，各以一字命名。

如今，輪到我養狗。

　　有位朋友當公務員，熱愛這個國家。他在政府部門受到不公對待，仍說要熱愛這個國家。前年，他家附近發生姦殺案，至今未破。他有兩個女兒。他不再說要熱愛這個國家，他說是時候鼓勵她們移民了。

　　杜甫詩云：生女猶得嫁比鄰，生兒埋沒隨白草。那是安史之亂。

　　生活在馬來西亞，他會改為：生女最怕出家門，生兒擔心路上走。

　　女兒抗議了：難道從此不必出門了嗎？

　　我說：那也未必。

　　除非立法規定：家中至少有三個女兒，不裝鐵花，不請保鑣等，這樣的人，才有資格當部長。

　　五十年前，大人見面，口頭禪是：吃飽了嗎？

　　廿年前，朋友見面，口頭禪是：你好嗎？

　　如今，我們該改一改了，換成：你家安裝保安系統了嗎？

　　除了養狗，最近我家真的又安裝了中央操控型警號系統。我還打算裝閉路電視。

　　這個國家，治安一年不如一年。

化腐朽為神奇

這是個神奇的國家，存在許多令人難以置信的事，例如數據。

馬來人佔有國家經濟蛋糕多大的比例，2006年議論紛紜。然後，官方的喇叭吹起，歷史的大門關閉，不同的意見封鎖在某個灰塵積壓的角落。真相不宜揭發，往事不必重提。

可還有人記得。五十年畢竟不長，有心人絕不健忘。要忘記也不容易，因為故技重施，變臉雖快，背後仍是那副長相。例如新經濟政策，例如大學配額制。五十年前扶貧濟弱；五十年後，仍是濟弱扶貧。

如果要我選五十年來最神奇的數字，它來自1980年代的一篇文章。作者是李誦材先生，大作〈求分與加分〉發表於南洋商報。文章前半是煙霧，後半才是重點：

「我有一位在大學教書的博士同學，有一天他忽然黑著臉，口裡噴著『媽媽』聲，氣急敗壞，憤憤不平對我叫嚷。他說：『今年真黑！什麼尊嚴都丟光了。新來的副校長，叫我到他的辦公室去，竟然說我教的科目，不及格以致不能畢業的學生太多，要設法加分給他們，以便人人都可以及格，都可以畢業。還教我一套用開方乘十的方法加分。例如：學生考到十六分，把十六分開方，十六的平方根是四。四乘十等於四十。』」

這段文字，可圈可點。「開方乘十」就是我說的：馬來西亞五十年來最神奇的數字——化腐朽為神奇、化爛泥為黃金。而那位「副校長」，化身千萬，長生不老。

十六變四十，翻了一倍半。問題是用在誰身上？對自己有好處，就翻它一倍半；對自己沒好處，就翻別人一倍半。這還不夠。

自己翻一倍半時，再降低及格分數；別人翻一倍半時，再抬高甲等評分。這是幾年前馬來西亞教育文憑考試華文科的「作業」。

這樣說也許你就明白了：化自身的腐朽為神奇不夠，還要把別人的神奇化為腐朽。自己揠苗助長不夠，還要踐踏踩扁別人。在這神奇的國度，「公平」和「均等」是這樣得來的。

五十年來，有一首馬華詩歌可以表達這樣的主題，那就是游川1990年的作品

〈神燈〉
一擦神燈
就出現一個燈神
實現你的三個願望
這樣的神話
現在連小孩兒都不相信
小時候我卻相信不疑
現在我更相信不疑

神燈在手，人家擦過了
好幾次，次次都靈
肯定硬要再擦下去

開方乘十、神燈……諸如此類，五十年不變。

李誦材先生以悲嘆結束他的文章：「我們是生活在一個有人可以『放火』，別人不許『點燈』，『反常變正常』的社會。」

我呢？讓別人繼續使用偉哥罷！不斷開方乘十和擦燈。腐朽不可能化為神奇、爛泥不可能化為黃金。

我們祝福別人，反求諸己，踏實努力。

捧碎心中的椰子

印度神話中，主神毘師弩（Vishnu）把天堂之樹——椰樹帶來人間。這棵神樹賜予人們健康長壽、能量力氣和安寧和平。因此，印度人視椰子為「神的果子」，祭拜任何神靈時，它是唯一代表神的果子。

椰殼上有三隻眼，代表主神濕婆（Shiva）的三隻眼。纖維外皮有三面，又各代表大梵（Brahma）、毘師弩和濕婆三位大神。由此引申，椰子也象徵財富、慷慨、繁殖力與多產。

乾椰去除纖維外皮，剩下內層硬殼及頂上一撮纖維，就像人的頭與髮；椰肉則是精神、椰汁是心靈。印度教徒慶祝大寶森節，沿路或在神像前捧碎椰子硬殼，即象徵粉碎自我，以謙卑之心，將自己奉獻給神靈。其實，印度人從誕生到死亡，包括宗教儀式、新婚、新店開幕，乃至新車啟用，多用椰子。

除了這樣的意義，印度教徒使用椰子，重點在它沒有種子。

《唱讚奧義書》（Chandogya Upanishad）有段精彩的故事：希維塔克圖（Shvetaketu）敲破椰子，他什麼也沒看見。他父親說：你看不到的種子，具有精微的本質。全世界的「我」（atman）均有這種精微的本質。然後，這位父親要兒子把鹽溶入水中，然後告訴他：我們雖然看不見溶解後的鹽，它卻遍佈水中。大梵（Brahman）之遍佈於個人，也是同樣的道理。

《奧義書》約成書於公元前600至300年，是印度最古老宗教經典《吠陀經》（The Vedas，吠陀即知識）的附本。印度古老宗教最精彩的地方，正是「神聖者內存於世界之中」。

大梵是絕對者（Absolute）、太一（the One）或究竟真實。它是宇宙萬物終極且根本的本質。

　　大梵既內存於世界萬物之中，也就存在於「我」──每一個人的真我。這個真我，是萬物萬象永恆且純粹的本質。就這個意義而言，大梵也稱為「內在的控制者」（antaryamin）。存在於個人之中的大梵，就稱為真我。個人的、不朽的我，與宇宙大梵一致。

　　諸神在《奧義書》中，因而不再至高無上，祂們的天堂也不再是永恆不滅的最後目標。印度宗教思想從此發展出「輪迴」、「業」和「解脫」等觀念。這些觀念的意義，即是人不必依賴上天的福佑，只要自己不斷努力，必能「修成正果」。

　　蘇格拉底的哲學告訴我們：人生不是走向死亡，而是走向「善」的過程。儒家認為我們只要努力，啟動內在真誠的力量，必能成為君子，達成理想人格。佛家說人人可以成佛。

　　希維塔克圖父子的故事，也許還會讓我們想起老莊對「道」的形容：感官無法辨識、言語無法說清，但它無所不在。

　　重點在：自己在精神上堅持精進，包括學習捧碎心中那顆椰子。這個國家如果要安定繁榮，這個世界如果要和平包容，我們就得捧碎心中那顆椰子。

駱駝穿過針鼻

女兒問：為什麼我們家沒有宗教信仰？

這個問題很嚴肅。我說。一旦相信，就必須全盤接受全心擁抱，言行舉止劍及履及。所以，宗教信仰是很個人的事，成為教徒必須名副其實。時候到了，我們就虔誠去相信，但絕非來自外力的影響。

宗教能安定脆弱的人心，改善不完美的人性，透過超越界去理解永恆的道理，也能推己及人，幫助別人。信仰宗教，人生因而有個基礎，人生藍圖因而有個較完善的描繪。

然而，信仰宗教就得學習教義，然後身體力行，此外無他。因為恐懼、崇拜、欲望或世俗的價值觀而去信仰宗教，很容易淪為迷信。如果個人表現與教義相悖，更會為人詬病。而且，宗教排他，史不絕書，小則口舌之爭，大則兵戎相見。

首先，我們必須體認：宗教是信仰的表現，信仰是內心的超越力量。所以，信仰不只來自宗教，信仰的類型包括宗教、政治與人生。一個人不是教徒，不等於他沒有信仰。

其次，虔誠的信仰來自成熟的心靈，並且需要自己親身去體會，無法只靠別人或經書的教導來覺悟。別人或經書所能給的，只是可以表達的知識。這種知識沒有太大的價值，因為我們不會去實踐。真正的信仰是自己覺悟與體驗到的，所以能夠引發實踐的動力，並且終其一生堅定不移。真知必須能夠實踐；真正的信仰，必須實踐。

《可蘭經》說：「我沒發現他們的多數守信義，我只發現他們的多數是為非作歹者。當他們高傲地去做歹事時，我對他們說：『你們變成喑啞的猿猴吧！』」（7：166）「你看見他們的多數

人，爭著去犯罪、敵對和吞食非法的，他們所幹的確實太壞了。」
（5：62）「他們能瞞了部份人，卻不能瞞那同他們在一起的安拉。」
（4：108）「他們不能進天堂，直至駱駝鑽進針鼻。」（7：40）

　　我女兒說要參加佛學營，我說好啊！她說要參加基督教生活營，我說好啊！我還說：改次妳還要參加回教、興都教和錫克教生活營。我只想讓她以開放的心靈去學習。在接觸這些宗教的過程，她應該學會真誠自省、自律、寬容與助人。

　　至於有一天她會不會成為教徒，這得靠機緣。機緣到了，她的心智必然已趨成熟。縱使她不信宗教，但只要懂得真誠自省、自律、寬容與助人，她也會有自己的人生信仰。

　　孔子不談宗教，但他信天，「五十而知天命」。也即是他領悟自己負有使命，必須設法完成。這種使命的來源是天，天命的內容則包括：從事政教活動，使天下回歸正道；努力擇善固執，使自己走向至善；瞭解命運無奈，只能盡力而為。

　　信仰是我們告訴自己人生的意義何在？對生死如何理解？對於人間的災難、痛苦、罪惡及不義等要有怎樣的看法？然後以之作為指南，貫徹這些原則，去實踐自己，關懷別人，尋找心安、快樂與幸福。

　　這個國家的團結、互助與安樂，不來自宗教，不來自口水，更不來自言行不一、背道而馳的政客。

越理想，就要越現實

多年前我談過一個課題：文人個性。這種個性包括內向、固執、率性、清高、慢工出細貨、怨嘆和外求等。我不是說好壞，而是從做事的角度來分析，這些個性對拉近理想與現實的距離，幫不上忙。

所以有這樣的思考，因為我由文轉商，發現自己的文人個性對想做的事，其實沒有太大的助益。

從事文學、美術和音樂等領域的人，習慣外求。願望無法達成就批判；批判沒有正面反應就怨天尤人，進而美其名曰「獨善其身」，消沉頹喪。文人常說的兩句話是：這個社會越來越沒水準！國家為我們做了什麼？彷彿，文人做了很多，社會虧欠他的更多。這樣想於事無補，對人無益，更徒自傷心又傷身。那該怎麼辦？

第一、認清自己。知道自己做什麼和為什麼而做，然後全力以赴，樂在其中。快樂，不是任何掌聲或物質所能回饋的。凡是來自外在的，都無法持久。

其次，認清現實。高調的文學、美術和音樂，從來就不曾「大眾化」。我們可以期許群眾拉高水平，但別「渴望」。凡與格調有關的，一定會有距離、會排他。

最後是踏實。想做事，就得去尋找對的想法和做法，包括在對的地方和時間，向對的人說對的話。怎樣才算「對」？大有學問，好好去學，包括市場行銷。

越理想，真的，就要越現實。學習去面對；學習去破解和克服。包括破解自以為是與克服個人弱點。

「壯志未酬」怎麼辦？回到起點：知道自己做什麼和為什麼而做，心安且樂。

識者眼中，你會贏得尊嚴；瞎子就不去理他了。

覺遠大師

　　覺遠，金庸武俠人物，是個只出現在《神雕俠侶》書末及《倚天屠龍記》開頭的小角色。近年來，我愈發鍾愛。

　　原因有二：

　　《神雕俠侶》第四十回華山之巔三次論劍，瀟湘子與尹克西幫蒙古攻打襄陽兵敗，遁入少林寺托病養傷，偷走《楞伽經》。監管藏經閣的覺遠和尚，帶著俗家弟子張君寶（後來的張三豐），追至華山，遇見黃藥師、周伯通、郭靖、黃蓉、楊過和小龍女等人。

　　楊過問起情由，覺遠說《楞伽經》夾縫中藏有達摩手書的《九陽真經》。

　　覺遠因職責在身，「閣中經書自是每部都要看上一看。想那佛經中所記，盡是先覺的至理名言，小僧無不深信。看到這《九陽真經》中記著許多強身健體，易筋洗髓的法門，小僧便一一照做，數十年來，勤習不懈，倒也百病不生。」如此無意中練成上乘功夫。

　　我最喜歡這段話。

　　苦讀而能在不知不覺中練就金身，打通任、督二脉，易筋洗髓，那時人生豁然開朗，天高月明，雲淡風輕，真是夢寐以求。求之不得，要勤習不懈。像覺遠大師，不帶世俗功利目的，只想精進智慧。

　　覺遠這段話還有後半部，也可以送給喜歡讀書和思考的人：「《九陽真經》只不過教人保養有色有相之身……，終究是皮相小道之學」。

　　讀書而不身體力行，不知教養，不懂淑世濟民，關心及援助不幸，分辨及聲討不公，縱使學問再大、學位再高、文筆口才再好，終究所學不過皮相小道。比起覺遠大師，終究小頭小臉，利益止於一人，知行及於一身罷了。

覺遠這些話，暮鼓晨鐘。

小說裏的小人物，讀書人的大師。

築巢一枝，飲河滿腹？

　　十五歲開始塗塗寫寫，影響甚多；理由只有一個：不快樂。寫作讓我和自己對話，寂寞的人說給自己聽。其他堂而皇哉的原因，那是後來的點綴。

　　因為不快樂，我喜歡讀書。沉浸書中，可以忘憂。其他堂而皇哉的原因，也是後來的領悟。

　　因為不快樂，我走入閱讀和寫作的天地，也走出自己的人生風景。也許，這個故事告訴我們：年輕時多些挫折和苦難，可以形塑獨特的自己。

　　其實，我不太愛談過去，避免提早患上老年懷舊症。想說的倒是：為何一路走來，自己還能執著於閱讀和寫作。

　　因為學會為難自己。

　　「為難」的意思是：別去追求身外的安適，回頭來要求、檢驗和挑戰自己的心志，包括不斷去問自己想要什麼。

　　然後我知道自己不要什麼。

　　不要的越多，就更能清楚看見自己。那是一個不斷縮小的自己。結果，我看到別人、看到人以外的東西，也看到更大的時間和空間。

　　我開始覺得好玩。好玩才會樂此不疲。

　　閱讀、寫作和出版，讓我樂此不疲。人生經驗、個人思考、對知識的好奇和智慧的追索，如此交織和交談，幻化成色彩斑斕的生命內容。也許，還流動成筆下源源不絕的點點滴滴。

　　至於這些文字算不算「文學創作」？坦白說：我不在意。

　　「文學」，就像「不快樂」，已不足以「解釋」我企圖尋找的自由人生。

身心靈愈是自由，就愈少約束，個性得以自在舒展。所圖是鷹搏長空，而非一塊小小的樹林。或者也無所圖，不過行吟放歌，自然而已。

　　自由不是文學所要求的嗎？因為自由，才有個性，才可能展現風格。可惜，太多「文學人」忘了自由，劃清界線、自囚其中，忘了包容人生無數的不同存在與可能。

　　說真的，「文學」二字，氣象應該萬千，氣度別如斗室。氣度小，這個世界就會萎縮，最後只看見自己乾癟的肚臍眼。

　　這地方，只有那麼一丁點的污垢。

或者學一點經濟學

　　轉行從事出版，我必須重新學習太多太多的事物：出版專業領域內容繁雜；商業管理理論知易行難；文化創業的刀口戰戰兢兢；馬來西亞書市實況欠缺數據。彷彿，我走入的是危機重重的處女地，一路跋涉一路學習，一路犯錯一路更正，不只熬夜工作也挑燈苦讀。別埋怨；走得慢，但學得快。或許我可以用這十字來總結這段路程。

　　如同任何學習，當我們走進一個全新的領域，我們會找到出類拔萃的專家指引路向。臺灣的高希均、郝明義和王榮文都是我的學習對象。詹宏志和蘇拾平學長更因有機會接觸，也較瞭解馬來西亞書市，我從他們身上學得更多。他們都謙虛且不吝賜教。其中，詹宏志寫作較勤，從他的文字裏，我有更多機會去思考和反芻，有時真如暮鼓晨鐘。

　　「你的理想有多大，你就要有多現實。」這是詹宏志和蘇拾平說的。文化創業路上，這句話影響我至深。面對現實，去尋找理想可行的方法，然後踏實去做。

　　為什麼我選擇創業和出版？因為我覺得自己適合且應當做這件事。詹宏志把話說清楚了：「要做一個有力量的行動，一定跟社會有滿大的格格不入，不然就是跳進同一個缸子跟模式。創業者通常有個特質，就是覺得全世界都錯了。」

　　「創業的動機就是有一個要證明的事情出現。」一些書沒人要出，一個領域或一個做法沒人要做，你想證明可行，所以有了新的出版社或事業。「這就是這社會每天要冒出來的有趣的事。如果你是企圖要做什麼的人，對社會有魯莽的衝撞，弄到彼此都有瘀青是在所難免。這也是我比較看得開的原因。」

然後我向他們學習如何解讀書市或一本書、選題要考慮什麼，以及怎樣行銷。1999年我進入出版，98年底詹宏志耳提面命：「反其道而行。」近十年了，我一直思考這句話有多少可能的涵義，也許，包括他沒說的。我喜歡文學、有太強的文人性格，而專業出版是商業運作。反其道而行。我想，我思考得不夠深入，也做得不夠徹底。

　　我繼續學習。老友游川教我行銷；傅興漢、林福南和周金明提供意見；余仁生駱榮富董事經理也是一流的參考。何乃健、田思和蘇清強等前輩全力支持，他們雖不熟悉商業運作，卻總是關心和及時提醒。經濟學和行銷學的書：供與求、選擇與支配行為等，我也盡力涉獵。出版的專業能力正是解讀：解讀一本書、解讀閱讀行為和解讀市場。

　　文化創業者常以為理想是靠犧牲來完成的。詹宏志說：市場支配行為，包括「所有人自私的行為竟然可以帶來理想國式的效果。」而且，社會價值有別，別那麼快自以為是。一本書好不好賣，不能擔保它是好壞或有無意義。倘若賣不好，很可能是社會在當下不需要它，並不是它不好。「如果這書有價值，我應該尋求一個非市場的架構來處理它。如果用到市場的架構，就更應該善用這個市場，並針對它的結構。」

　　「文化工作者擁有的力量可以比他想像的還大一些。」

　　如何發揮這樣的力量？

　　詹宏志謙虛的建議：「或者學一點經濟學？」

練筆

朋友說我寫文章很快。我笑笑回答：生意不好，吃飽沒事。

我其實希望寫得慢一點少一點，寧缺勿濫。所以心裏總是提醒自己要寫好文章。奮筆疾書實不容易，要讀書破萬卷，才能下筆如有神。

朋友又問：寫一篇文章要多少時間？我說不易計算。得心應手，一兩小時；要查資料，至少好幾個鐘頭；硬擠的，就不寫了。

四十而後，提筆總會想起歐陽修「為求一字穩，耐得半宵寒」，年老猶是。他太太說：你已名動公卿譽滿天下，難道作文還怕先生罵？他說：不怕先生罵，只怕後生笑。

舞文弄墨的，文字就是他的生命。對文字負責，也就是對生命負責。

所以寫了文章，我總會看三五遍；如履薄冰的，則要十次八次，修修補補。我也請同事幫忙指正，畢竟旁觀者清。有時甚至放在一旁冷卻幾天，火氣漸消才來斟酌。

如果為拙作打分，文字勉強及格。內容呢？總覺不夠火候。

中醫煎藥，武改文火，三碗成一，庶幾精華。巧匠雕刻，去其枝節，存其精神，庶幾天工。

我讀古文常有意會，雲水行止，水窮雲起，這種自然與不得已，自己總是空有羨慕，心力不足。

舞文弄墨的，文字就是他的生命。文章就是為人，練筆其實練心。

這些年來心筆兼修，我以為四十而後漸入佳境；回頭一看，還遠著呢！

雜念猶存，文字就如龍蛇狂舞；心境清澄，筆下才有湖光山色，星月倒映。

你說：高情千古〈閒居賦〉，爭信安仁拜路塵？

我不相信這個。

因為歷史也不相信。

文章是我們清修自省的寺院。

青燈如豆，月明風清，你總會照見自己。

練筆，其實練心。練心，是一輩子的事。

植物「移民」的故事

　　殖民主義改變了世界。沒有英殖民政府，馬來西亞不是今天的馬來西亞；沒有荷蘭殖民政府，印尼不是今天的印尼。馬來西亞也沒有今天這麼多的華人和印度人。然而，殖民主義影響的不只是國界或人文，連自然景觀也改頭換面。

　　航海技術的改進，使葡萄牙、荷蘭和英國等早期殖民地宗主國的博物學家與植物學家，可以隨著遠航的商船抵達世界的許多角落考察和研究。來過馬來西亞的博物學家，最著名的要數華萊士（Alfred Russel Wallace，1823～1913）。

　　華萊士與達爾文共同發表「物競天擇」理論，馳名天下。華萊士到過馬六甲和柔佛州金山（Mountain Ophir或Gunung Ledang），在砂拉越研究紅毛猩猩和品嚐榴槤。他說榴槤「像濃郁的奶油蛋糕加了濃濃的杏仁味，卻又帶著一絲絲像奶酪、洋蔥醬、棕色雪莉酒香，以及其他種種不可名狀的氣味」，「一嚐就愛它終身不渝……簡直完美無暇」，「光為了體驗榴槤的美味就值得一趟東方之旅了」。

　　殖民地時期，也有一種特殊的行業叫「植物獵人」（plant hunter）。19世紀初期，英國人對外來植物興致勃勃，固然是為了科學研究，但更重要的是開發經濟作物和園林藝術的商用花樹。英國官方的邱園（Kew Garden）、皇家園藝學會，以及私人營運的苗圃企業維奇父子公司（James Veitch & Sons）等，隨著英殖民地的發展和擴張，紛紛派出植物獵人行走天下，搜集「奇花異草」，帶回英國培植販賣並移種其他殖民地。

　　煙草、甘蔗、棉花、茶、罌粟、金雞納、橡膠，甚至是荳蔻和丁香等香料，因為這樣的「操作」而改變了世界歷史。荳蔻曾經貴

比黃金，而檳城的荳蔻是怎樣來的？16及17世紀荷蘭與英國爭奪荳蔻的原產地、香料（摩鹿加）群島中的蕞爾小島嵐嶼（Run），血腥爭奪後雙方達成協議：嵐嶼歸荷蘭，荷蘭把美國東岸的曼哈頓島送給英國。但英國人「玩臭」，偷偷把嵐嶼的荳蔻移植檳城等地。三百多年後，嵐嶼沒沒無聞，曼哈頓提昇為紐約，成了美國首府和世界貿易中心。

　　到過馬來西亞的著名植物獵人是托馬斯‧洛布（Thomas Loeb，1811～1894），他踏足檳城和柔佛金山等地。1854年華萊士也遊過金山，受維奇父子公司所托的洛布比他更早十年。洛布在金山採集白花的貝母蘭和食蟲的忘憂草（豬籠草）等。

　　另一位植物獵人歐內斯特‧威爾遜（Ernest Wilson，1876～1930）歷盡萬水千山，途中犯險幾乎喪命，但仍然寫出這麼動人的句子：

　　「我住的是無邊無際的自然殿堂，而且我深深的陶醉其中。步行於熱帶或溫帶森林裡，看著比哥特式圓柱還要莊嚴的樹幹、穿過比任何人造屋頂都要豐富多彩的樹葉天蓬、感受心曠神怡的清涼、傾聽小溪潺潺流水奏出的美妙音樂、聞著大地母親泥土的氣息，以及空氣中彌漫著的花香──有這樣的回報，還有什麼辛苦可言？」

　　──是的，瞭解植物遷移的歷史，或許還能讓我們開擴胸襟。為馬來西亞經濟帶來巨大貢獻的橡膠樹來自巴西；油棕樹來自非洲。1960年國父東姑阿都拉曼選擇大紅花（Hibiscus rosa-sinensis L.）做為馬來西亞國花。另兩種大紅花：白瓣紅心的Hibiscus syriacus是韓國國花；全黃的Hibiscus brackenridgei是夏威夷州花。

　　大紅花，又名木槿、朱槿、赤槿或扶桑花。中國嶺南稱為大紅花。它原產於中國和印度，所以又稱中國薔薇。12世紀以前，由中國商人傳入馬來半島。

回到與出走

　　近年因開辦傅佩榮教授的中華文化原典導讀課程，名曰讓華社有機會親炙《論》《孟》《老》《莊》和《易經》，其實自己也受益。細心校審和間或聽課，這五大經典真是精彩。

　　可能也為了補過。當年任性讀中文系，除了現代文學還算認真聽講，必修《論》《孟》跳窗逃課；選讀《莊子》瞌睡夢蝶，自以為得意或得道。

　　然而，因緣際會，報應不爽。人到中年，總想為生活和生命的重大難題尋找答案。這時，這五部哲學思想的經典，竟回到身邊，一字一句映入眼簾，然後跳進心底，隨脈搏起伏躍動。Love comes as birth done，knowing its own time。四時行焉，百物生焉。書與人重逢，竟也如斯自然。

　　人生閱歷漸豐，學習開放但潛心面對自己，於是，這些原典已不再是佶屈聱牙的文字，而是清明的道路。原典說的是怎樣的道路？為什麼是這樣的道路？對自己或現代社會行不行得通？這些問題都成了閱讀時的思考。當生命與之對應，原典是鏡，內心也是鏡，照亮的是不完善的自己，是自己內心的醜惡和悲哀。

　　誠心誠意回到自己，才能找到正確的道路。聖賢都企圖表達這樣的見解。這太難了。忙碌的人，生活沒有時間；自我的人，心裡沒有空間。沒有時間和空間真誠檢視自己的內心，人生之路總有走窮的時候。

　　回到自己，也只是第一步。這一步舉足輕重卻重若千斤。第二步是實踐；第三步呢？那是走出自己，像儒家推己及人，去關心別人；像佛家體認諸行無常，諸法無我，卻關心所有的生命；像道家與「道」同遊，去融入和欣賞天地萬物。

親炙和思考原典的這些日子，先用心聆聽聖賢怎麼說，然後嘗試用自己的話說。因為這些話必須真誠，必須流經內心和探照生命。它不再是白底黑字、知識學問或道聽途說。這些話也只有一個無形的講臺：內心。自己說給自己聽，自己聽聽自己說的；然後言行一致；然後為人著想和伸出援手。

空出來的心和手

　　到外地出差或旅行，我喜歡細軟輕便。

　　穿一套，帶一套，書一本，加牙膏牙刷梳子髮油，簡單必要就行。都不帶也行，路上買。

　　孤單上路，這樣做就說是偷懶：懶得拖泥帶水，也懶得牽腸掛肚。與人同行，這樣做等於空出一隻手，可以幫忙別人。別人行李多，幫他提；別人跌倒，幫他扶起。

　　人生也是這樣。

　　減輕自己的負擔，就有能力幫助別人承擔。要減輕的，是自己的物質要求和心理負擔。

　　儒家和道家都教我們清心寡欲。《論語》「儉」字五出；《老子》三出。儉，即節約自制。

　　不倚賴那麼多外物，不外求，人就輕鬆許多。輕鬆之後，我們就有了時間去思考和反省；當身心兩無牽累，就有餘閒餘力，去關注和幫助別人。

　　心中欲念太多而煩惱憂慮，哪有餘閒？正如行李塞滿衣物，哪有餘力？要有餘閒餘力，必須修煉。

　　不必要的，放下。

　　不想要的，放下。

　　不重要的，放下。

　　放下還不夠，空出來的心，去學習；空出來的手，伸出去。如此一來，放下的越多，心有餘閒，行有餘力。經常虛心去學習、伸手去幫助，世界才會美麗，人生才會富饒。

　　說來容易做時難。有的人弄不清楚什麼是必不必要，和自己究竟想不想要。弄清楚了，可能又捨不得或後悔，這樣就會營營碌

碌，內心焦慮，雙手忙亂。自己心煩意躁，手忙腳亂，卻想幫助別人，經常越幫越忙。還是先幫自己，修煉和放下。

放下是瀟灑，助人是快樂。讓我們這樣訓練自己。

如果孔子駕車

　　《論語》多次談到駕車，因為春秋時期教學的主要內容，一是知識（詩、書、禮、樂、易五經），一是技能（禮、樂、射、御、書、數六藝），學生由此成為有用的人才。「御」即駕車。

　　孔子談到要以什麼做為自己的專長時，開玩笑說：那我就駕車好了。可見他是個很好的司機。（很抱歉，我不會用「駕車人士」，這是很爛的華文。）這位司機如果活在現代，他會怎樣駕車呢？

　　孔子教學的四項重點是文獻知識、行為規範、忠於職守和言而有信（文行忠信），行為規範即各種禮制法規。

　　首先，他一定是奉公守法、遵守交通規則的人，他不會無牌駕駛、不會闖紅燈，也不會超速等。而且注重行為規範的他，一定很有禮貌，並懂得禮讓。他會建議交通部刊登這樣的公益廣告：「大車讓小車，有車讓無車。」當然，他私下教學生會說：「以約失之者，鮮矣。」（因自我約束而在做人處事上有什麼失誤的，那是很少有的。）而士志於道，而恥車小或無車者，未足與議也。

　　非禮勿視、聽、言、動。不合乎交通規則的事，孔子是不會做的。新聞報導逾半部長接交通傳票，孔子一定搖頭嘆息。他說過：「上好禮，則民易使也。」（政治領袖愛好禮制，百姓就容易接受指揮。）難怪這個社會有這麼多的問題。「約之以禮」，包括遵守交通規則，的確該從高官做起。

　　「慎行有餘則寡悔。」我們不妨翻譯成「小心駕車就可以減少自己的後悔。」孔子總是勸我們想清楚了才說才做，以免後悔。要超速與人鬥快嗎？「欲速則不達」、「與其速也寧慢」。別人亂鳴車笛或撞到你的車，你要生氣或當「路霸」打人嗎？記得啊！「忿思難」（臨到發怒時，考慮麻煩的後患。）而「一朝之忿，忘其身

以及其親，非惑與？」（因為一時的憤怒就忘記自己的處境與父母的安危，不是迷惑嗎？）

如果別人車禍，孔子會不會放慢車速，看熱鬧或抄牌號買彩票，結果造成交通阻塞、救護車延誤抵達呢？人命關天，他曾經問人不問馬。如果孔子幫得了忙，他一定下車為司機乘客急救。（他蠻有醫藥常識。）否則，他不會「三八」到只想滿足自己的好奇心，或發這種不義之財。他說的啊！「見利思義」、「見得思義」。

孔子駕車會不會粗心大意或分神做其他的事情呢？這點我們不必猜，《論語》說得很清楚：「升車，必正立，執綏。車中，不內顧，不疾言，不親指。」他那年代駕的是馬車，換成現代的話說：孔子坐上司機的位子，就坐穩來，好好掌握駕駛盤；車子行走的時候，他不會東張西望、與人吵架、不用免握打手機。心平氣和的他，不做任何危險動作。他在家沒事，申申如也，夭夭如也。顯然他駕車必也態度安穩，神情舒緩。

孔子去接兒子孔鯉放學，會不會把車停在校門口阻礙交通呢？或為了方便自己，把車停在別人家門口呢？或胡亂超車，為了一己之利或之樂，造成別人生命的危險呢？或打破別人的車鏡、在別人車身刮花或潑漆呢？或在住宅區亂鳴車笛呢？

己所不欲，勿施於人。如此則上車無怨、行車無怨、下車無怨，沒有怨恨煩惱，不就安全無事嗎？與人方便，自己方便，當我們為人著想的同時，別人也會為我們著想。當大家都為人著想，道路安全，天下太平。

當別人撞到孔子的車子，他會怎麼表現？既然奉公守法，那就依法行事。然而，孔子畢竟是孔子，他還會「躬自厚而薄責於人，則遠怨矣。」（責備自己多而責備別人少，就可以遠離怨恨了。）對方既已認錯賠償，何必怒目相向，甚至破口大罵？反求諸己，我們有時也會不小心啊！

如果人人是孔子，修車廠可能要倒閉、交通警察打蒼蠅，執法人員也不必那麼辛苦，自己沒得安睡，還要夜半猛敲不交傳票者的大門。

學學孔子駕車，一定其樂無比。

孔子駕車有兩大原則，一是自我約束，遵禮守法；二是真誠待人，推己及人。這是他老人家駕車技術的精華：承禮啟仁。

然而，春秋時代，交通大亂，車禍頻仍。天子、諸侯和大官無視交通規則，競相飆車、亂闖紅燈、反向而行，撞死人還揚揚得意。這樣的路是走不下去了，百姓失所依據，天下哪裏才是坦途？哪裏才有康莊大道？誰來當司機，指示一條明路？或載著百姓走一條正確的路，抵達安居樂業的目的地？

孔子。

他是會駕車的人，而且知道方向，懂得何方才是人間樂土。

孔子懂得治國，懂得如何指導人心。子曰：「苟有用我者，期月而已可也，三年有成。」（真的有人任用我的話，只要一年就可以略具規模，三年就會成效顯著。）說得信心堅定、理想遠大。

他曾在魯國從政，政績卓越。後來齊國送了一隊能歌善舞的女子給魯國，執政的季桓子接受了，三天不問政事。魯國的司機好色，孔子說了句「吾未見好德如好色者也」，只好離職走了，前後顛沛流離十四年，六十八歲才重回故鄉。

孔子何必這麼辛苦，七老八老還去教人駕車，而別人並不領情？他也開駕駛學院，有教無類，弟子三千。縱使教車無法糊口，他弟子中有當官領薪與經商發財的，大可靠接濟過清閒歲月。然而，上天給了孔子這樣的使命。

孔子原是乘客，途中司機暴斃。車中只有孔子懂得駕車，也懂得方向和目的地。這是上天的命令和安排，他義不容辭。他不必告訴我們「上天」是什麼？他只知道自己生而為人的責任。至於個人得失勞苦，他更不計較。這一切，都是為人著想，為天下人著想。

天下興亡，匹夫有責。如果沒有這位捨我其誰的偉大司機，我們這些乘客，前路茫茫又險惡，很多人早已迷失方向或客死途中。

如果孟子駕車

儒家的司機，一定具備內、外各三個條件。

三個內在條件是：遵守交通規則、推崇駕駛教育和關懷道路安全。三個外在條件是：肯定每個人都可能成為好司機，也應該成為好司機，而自己成為好司機後，還要幫助別人成為好司機。

孟子說：當個好司機就像大馬路一樣清楚，怎麼會難懂呢？只怕人們不想當而已（道若大路然，豈難知哉？人病不求耳）。

為什麼許多人無法當好司機呢？因為覺悟自己應該當好司機的那顆心失去了。所以，駕駛之道無他，就是把那顆失去的心找回來（求其放心而已矣）。孟子說：車子不見了，知道去報警追查；心不見了，卻不知道去找回。

「仁，人心也；義，人路也。」如果能找回這顆心，一輩子都會正道而行，沒有一時突發的煩惱和困境（君子有終身之憂，無一朝之患也）。如果不找回這顆心，司機就會把危險當作安全，把災禍當作有利，把導致滅亡的事情當作快樂（安其危而利其菑，樂其所以亡者）。這樣一來，自招煩惱和困境，就像《尚書‧太甲》所說的：「天作孽，猶可違；自作孽，不可活」（上天降下的禍害，還可以逃開；自己造作罪孽，就無法活命了）。

為什麼說每個人可能也應該成為好司機呢？其實，人們失去的，不只一顆心，而是四顆心：憐憫、羞恥、謙讓和是非之心。

有憐憫心，我們不會因自己駕車疏忽而使人傷亡；有羞恥心，違規被捉我們會臉紅；有謙讓心，大家守禮守法；有是非心，知道什麼該做不該做，才能成為明智的司機。只要要求自己付諸行動，每位司機都能做到。

沒有這四顆心的，不是人，是禽獸。（孟子說的。）人與禽獸不同的地方，只有那麼一點點。這一點點就是：壞司機丟棄了這四顆心，好司機保存了這四顆心。

　　坐孟子駕的車，我們不只放心，而且快樂，因為他口才一流，很會講故事。

　　他說有位司機幫人駕車，遵守交通規則，花了半小時才抵達目的地。老板說他是個爛司機。他說：「讓我再駕一次。」這回他橫衝直撞，十分鐘就抵達。老板說：「一流！我會長期任用你。」

　　結果？這位司機辭職不幹了，他說：「我不習慣替小人駕車。」為了個人飯碗而違規駕駛罔顧人命，這是見利忘義；與其委屈正道而順從自私自利的老板，這位司機選擇了自己做人的原則。

　　孟子還說：跟那些高官權貴爛司機講話，不要把他們高高在上的樣子放在眼裏。他們家裏擁有多少輛豪華大房車又怎樣？他們妻妾成群隨從大把又怎樣？他們知法犯法，以為自己手段高明又怎樣？如果我得志，都不會這麼做。他們所做的，我不會做；我所做的，都合乎正道。

　　孟子說得就是這麼理直氣壯，因為有所不為，才能有所為。這個道理太深，高官權貴不懂。也許並非不懂，而是「寡人有疾」，他們逞強、貪財和好色，要名要利不要臉，結果重利輕義，率獸而食人。

　　罵人歸罵人，重要的是孟子如何駕車。

　　孔子四十而不惑，孟子四十不動心。不動心得修養自己沉得住氣。別人超車，讓他；別人要搶停車位，讓他；別人要當「路霸」，讓他。怎樣才能不動心？要求自己守法、禮讓和堅定趨善避惡的心志。

　　二是充分了解人間事物的因果關係，加強思辨能力和就事論事，例如車禍常因個人利益或疏忽造成。

三是養浩然之氣。做該做的事，走該走的路，長期精進，這股氣就會不斷滋長，充沛於天地之間。

從這三方面來修養，閣下駛得萬年車，而且上天入地通行無阻，何況馬路？

孟子駕車，笑聲滿路。他樂，因為心無邪念就身無惡行。

反省自己做到了完全真誠，就沒有比這更大的快樂了。努力實踐推己及人之道，就沒有更近的路可以達到仁德了（反身而誠，樂莫大焉。強恕而行，求仁莫近焉）。人生還有什麼缺憾？人生無所缺憾，怎會不快樂呢？

孟子還說：當個好司機有三種快樂：父母健在讓子女可以盡孝，兄弟姐妹無災無難可以互相友愛，這是第一種快樂；走對路且把車駕好，對上無愧於天，對下無愧於人，這是第二種快樂；懂得駕車又有好學生來請教，這是第三種快樂。好司機有三種快樂，但是稱王天下和當什麼高官權貴，並不包括在內。

你看，他又罵人了。其實，也確實該罵。有位高官權貴一邊欣賞自己的豪華大房車，一邊問孟子：「如果你有這樣的車子，你會快樂嗎？」主張「樂民所樂，憂民所憂」的孟子聽了火滾，說：「能與人民一起快樂（與民偕樂），才能享受快樂。自己奢侈花費，但是民不聊生，他們要你同歸於盡，你難道還能獨自享受嗎？獨樂樂，不如眾樂樂。人民豐衣足食，沒有特權、貪污、剝削和不公，把人民的快樂當自己的快樂（與民同樂），這樣的快樂才能長久啊！」

為政者就像司機，要內心真誠（直）、行為正當（義）和人生方向正確（道）。所以，上天準備把重大任務交付一位好司機時，一定要先折磨他的心志，勞累他的筋骨，饑餓他的腸胃，窮盡他的體力，使他的所作所為都不能如意，這樣就可以震撼他的心思，堅忍他的性格，由此增加他所缺少的才幹。（天將降大任於是人也，

必先苦其心志，勞其筋骨，餓其體膚，空乏其身，行拂亂其所為，所以動心忍性，增益其所不能。）

孟子說：一個人在憂患中能獲得生存，安樂中會遭致滅亡（生於憂患而死於安樂）。好司機擔心自己不遵守交通規則，害怕自己不堅持趨善避惡。

諸位司機勉之。

如果老子駕車

　　和孔子一樣，老子也是一流司機。他的駕駛技術神乎其技，因為「善行無轍跡（善於行走的，不會留下痕跡）。」老子主張只要順其自然、無心而為，就會有出其不意的神奇效果。

　　老子駕車時「挫其銳，解其紛，和其光，同其塵」（收斂銳氣，排除紛雜，調和光芒，混同塵垢），結果這位司機「豫兮猶兮、儼兮渙兮、敦兮曠兮混兮」（小心謹慎、提高警覺、拘謹嚴肅、自在隨意、淳厚實在、空曠開闊、混同一切）。簡單的說，他駕車時戒慎恐懼、謙虛退讓、隨順自然、和光同塵。

　　當然，老子主張最好沒車。他說：吾所以有大患者，為吾有車；及吾無車，吾有何患？他喜歡小國寡民，雞犬相聞，雖有船隻車輛，卻無必要乘坐，更不必擔心油價一漲再漲。而且交通規則越多，漏洞和車禍更多。

　　不幸的是，比孔子老數十歲的老子，也是生活在司機亂七八糟的時代。這些司機大路不走，喜歡走歪路、抄捷徑，人民陷於飢餓，是由於統治者吃掉太多稅賦。結果朝廷腐敗、田園荒蕪、倉庫空虛，他們卻還穿著錦繡衣服，坐上名貴車輛，飽飫精美飲食，財貨綽綽有餘。如今警匪不分；老子那年代，君王也是強盜頭子。

　　老子說：「天之道，損有餘而補不足。人之道則不然：損不足以奉有餘。」君王大官為了私利而有太多作為，想盡方法魚肉人民，還玩很多花招（例如操縱買辦特權和以公營私等）。最後老子只能說：不起欲望而趨於靜止（不欲以靜），道路就會安全許多。

　　為了避免橫死馬路，老子只好去隱居。但他不開駕駛學院，沒有學生幫他整理教學筆記。他騎青牛出函谷關前，應守關官員之請，遺留區區五千多字的《交通道德經》，從此不知所蹤。

馬路，如果可以用言語表達的，或看得到的，就不是真正的馬路。他說。

死於這句話的，比死於車禍的人還多。

當司機橫衝直撞，我們首先要有區分之知，懂得危險所在；進而懂得避難之知，慎防禍患。老子說：「為之於未有，治之於未亂」（要在事情尚未發生時就處理好，要在禍亂尚未出現時就控制住）。又說：聖人不會遇上車禍，因為他把車禍當車禍。正因為他把車禍當作車禍，所以他不會遇上車禍（聖人不病，以其病病。夫唯病病，是以不病）。

記得啊！他說：如果下車時能像上車時那麼小心，就不會遇上車禍了（慎終如始，則無敗事）。他還警告那些車主：「禍兮，福之所倚；福兮，禍之所伏（災禍啊，幸福緊靠在它旁邊；幸福啊，災禍潛藏在它裏面）。」所以別以為有大車或駕快車就揚揚得意。放縱欲望、任性飆駛，讓人內心狂亂。

老子勸人在車上明顯招貼「保持距離，以策安全」八個字。怎麼做呢？

一是不爭。「夫唯不爭，故無尤（正因為不與人爭、不與車爭，所以不會引來責怪或禍患）。」《道德經》八十一章，竟有七章教我們「不爭」；其中兩次提到因為不爭，「天下莫能與之爭」。別人要鬥快超車就讓他，縱使所有的車子都超前而你殿後，你還是第一。安全第一。

二是知足。知足就是在欲望上要懂得煞車。善於養護生命的人，在路上不會遇到車禍，也不會捲入是非。這是什麼緣故？因為他沒有「不知足」的致命要害。

老子說「禍莫大於不知足；咎莫大於欲得」（最大的禍患就是不知滿足；最大的過錯就是想要獲得）。所以要去掉極端、奢侈和過度（甚、奢、泰），要表現單純、保持樸實、減少私心、降低欲望（見素抱樸，少私寡欲）。

別鬥快逞強、常想換大車。「勝人者有力；自勝者強」（勝過別人的是有力；勝過自己的，才是堅強）。而「知足不辱，知止不殆，可以長久」（知道滿足就不會受到羞辱；知道停止就不會碰上危險；這樣可以保持長久，活得長命）。

知道快的好處，卻保持慢的速度；知道大車可以炫耀，卻選擇小車不怕被偷；知道自己有駕快車的權力，但沒忘記自己也有不駕快車的責任。

學學老子駕車的智慧，人生之路就安全得多、快樂得多。

「天道無親，常與善人」。用駕車來比喻，就是上天對任何司機沒有任何偏愛，總是照顧小心駕駛的人。而「天網恢恢，疏而不失」，別以為沒警員就闖紅燈或飛車，上得山多終遇虎。

當天子失道、人心背道，老子教我們要先有區分之知（懂得什麼是危險或不危險），進而教我們避難之知（懂得避開危險），最後是啟明之知，即瞭解「道」的運作規律，道我合一，能虛能靜，無私無我，順其自然，全身保真。

常人只知道「有」的便利，不知道「無」的好處。老子企圖破解的，是對立的價值觀：有無、大小、快慢、貴賤、榮辱、美醜或善惡等。「金玉滿堂，莫之能守。」沒車又何妨？小車又何妨？讓人又何妨？落後又何妨？遲點抵達又何妨？

順其自然，即是行於當行，止於當止，不要刻意。無為，是無心而為，並非無所作為。無心而為也是不要刻意。刻意要比別人快、比別人大、比別人多，人心因此迷路，最後招來苦惱和禍患。

有時落後謙讓，反而得到好處。「兵強則滅，木強則折。」「江海所以能為百谷王者，以其善下之」（江海所以能成為百川歸往之處，是因為它善於處在低下的位置）。

所以車上如要掛三寶，就掛老子的三寶罷！他說「我有三寶，持而保之。一曰慈，二曰儉，三曰不敢為天下先。」因為慈愛，就

會珍惜生命；因為儉約節制，所以知足；因為不敢居於天下人之先，因此不爭。

可惜老子是個寂寞的司機。他的駕車道理很容易瞭解和實踐，天下人卻無法瞭解和實踐（吾言甚易知，甚易行；天下莫能知，莫能行），若非半信半疑，就是哈哈大笑。老子也無所謂，因為一流的駕車道理不為常人所笑，就不是一流的駕車道理。

當我們破除對立的價值觀，以「道」觀之，萬物一體。當我們去掉比較，不再計較，放下得失，內心就會得到快樂安寧，活得自在瀟灑。所以車快不如慢，車有不如無；否則人生行路，如何從容欣賞美不勝收的綺麗風景？

如果莊子駕車

　　莊子的車牌是「逍遙一號」。然而常人看不見這面車牌，甚至分辨不出這是莊子的車。它外表平凡無奇（應該相當破舊），別的車子快則快，慢則慢；但它有特異功能，馬路上不會遭遇車禍，天地間可以遨遊。

　　莊子是位窮司機，住在窮街陋巷，織鞋為生，餓得面黃肌瘦，甚至要向人借貸米糧。那個管河道的混蛋說：「等我收到賦稅後才借你。」莊子氣得臉色都變了。可是絕頂聰明又愛說故事的他，馬上回應：我在車輪壓凹的地方遇到一尾鯽魚，它向我要求幾滴水活命。我說：我要到美國去，把密西西比河的水空運來接濟你，如何？魚氣得臉色都變了，說：那你不如去鹹魚店找我算了。

　　偏偏還有個不知死活的芝麻小官對莊子說：窮居餓肚駕破車，我比不上你；遇到達官貴人，就有好幾輛豪華大房車任我駕駛，那才是我的過人之處。莊子冷冷的回道：我聽說達官貴人因為坐的時候比站的多，通常屁股會長痔瘡。幫他們醫治的，送腳車一輛；幫他們舔好痔瘡的，獲轎車一架。所舔的部位愈卑下，所獲得的車輛就愈大愈多，你難道是治好了他們的痔瘡嗎？不然怎麼會得到這麼多車輛呢！你滾到一邊去吧！

　　在莊子眼中，人有愚智，車無貴賤，重點在能不能從「道」的立場來看待。

　　從世俗的立場來看，我的車珍貴，你的車低賤；從差別的角度來看，就看我們如何比較，貴還有更貴的，賤還有更賤的；從功用的角度來看，用之則貴，棄之則賤；從取向的角度來看，喜歡就貴，討厭就賤。

重點來了。「鷦鷯巢於深林，不過一枝；偃鼠飲河，不過滿腹。」人真正的需要其實很少，何必汲汲營營，奢求那麼多？車之為用，在通行便利，何必貴或大？最好無車，走路有助健康，又接近自然。

可惜人心不足蛇吞象，又愛比較炫耀，這是井底之蛙，以為天下只有自己。

也有許多人為了滿足自己的物欲虛榮，不擇手段。所以莊子說：「無恥的人富有，自誇的人顯達」（無恥者富，多信者顯）。

一個只求大車、貴車或名車的人，是受外物束縛住的人。就像人被綁起來倒掛一樣。如何自行解除（懸解）呢？駕御萬物而不被萬物所駕御（物物而不物於物）。車為人用，而非人為車用。有，當然不錯；沒有，也無所謂。勝固欣然敗亦喜。超越比較之心，生活遊刃有餘，人也容易快樂。

在人間超越一切比較，順其自然，安時處順，才能脫離一切痛苦，這叫做不以自己的角度，來做為看待一切的標準；在世間超越一切比較，物我同化，無從區分，才能活得自在逍遙，這叫做不以人的角度，來做為看待一切的標準。就這樣，莊子夢見了車子，車子夢見了莊子。

車子說：當天地與你並生，萬物與你為一，你不會從大小貴賤等角度來看待我這輛車子。我這輛車子是獨一無二的，因為是你的，有你的感情、體溫和味道。我這輛車子又是最普通不過的，和路上所有的車子沒有差別。然後，你就會覺得我很美，覺得其他的車子都很美。所有的東西都很美，這樣你不就快樂多了嗎？

真正的快樂逍遙是無所依賴、無所倚靠、無所等待。有所待即是外求。求人是苦，求之不得更苦，更何況很多都是非份之求。人一旦役於物，很容易就成為欲望的祭品；與其成為祭品，不如活得平淡和平凡。

　　豬狗掙脫圈鏈，就是要獲得行動的自由。豬狗會為自己行動的自由設想，人如果不會為自己心靈的自由著想，人與豬狗到底有何差別？偏偏有人寧可成為燒豬走狗，就是不願吃青菜豆腐啃骨頭。

　　這條道路看不見嗎？很難走嗎？沒有車子嗎？莊子說：不要自恃尊貴，不要貪戀權位，減少您的耗費，降低您的欲望，這樣就是找到車子了。放棄世間一切物質與感官的享受，路就出現，車就等候，包你一路平坦順風不撞車。

　　為什麼有人偏偏看不見路或不肯上車呢？「豈唯形骸有聾盲哉？夫知亦有之。」不是耳朵聽不到眼睛看不見，是心聾了瞎了；不是沒有車，是不肯上車。

　　老子處在禮壞樂崩的春秋，保持距離以策安全，才活得下去和活出自己。莊子身在天下大亂的戰國，保持距離也無法苟全生命，只好提出「化」與「遊」，而且能「化」才能「遊」。

　　「化」是化解和超越比較之心，擺脫人我和物我的對立觀念。如何「化」？方法有三：一是區分內外，二是重內輕外，三是有內無外。內，是指我們內心自由富足的世界；外，是指形可見且變化無窮的外在世界。

　　人獲得自己心靈的自由與安樂才是最重要的；若懂得以清明之心來觀照一切，就不會受外物牽累，也不會為人生的無常而懼怕感傷。來的一定會去，上的一定會下，有的一定會無。生死亦如是，何況得失美醜榮辱成敗？這些都是相對的。莊子說：人活著就是離家出走，死了就回家。既是回家，還害怕什麼？傷心什麼？懂得如此區分，就會知所輕重；知所輕重，就可以繼續努力，讓身心無拘無束、自在逍遙。

　　難嗎？說真的，有內無外很不容易啊！但至少讓我們努力，做到區分內外和重內輕外，找回真我，不要那麼多假我；做個真人，不當假人。至少，我們可以外化而內不化，言行外表與世俗同化，

內心堅持自己的信念原則。我們沒有必要突出自己，顯示自己高明有用。外不殊俗，內不失正；否則與眾不同，死得很快。

然而，一般人則是內化而外不化：內心毫無主張，對外又因物欲名聲而與人爭鬥。莊子說：「外重者內拙」（凡是以外物為重的，內心就會笨拙）；又說：「其耆欲深者，其天機淺」（嗜好及欲望太深的人，他天賦的領悟力就很淺了）。只有重內輕外，回到內心要求自己，才能啟發人生的智慧啊！

學學莊子駕車罷，不要等到發生車禍時才來求救。學習道家，日常駕車平安逍遙，忘物忘人忘我，如魚在江湖而相忘江湖，大家見面時相視而笑，莫逆於心。何必等到心靈乾涸，才來苟延殘喘、相濡以沫，呼救求人？

佛陀如何學習

　　我一直想知道智者偉人如何學習。也只有瞭解他們如何學習，我們才能讓他們「還原」成為真實的、有血有肉的人，再從他們的人生際遇與學習歷程中，看出他們的偉大。我們也一樣真實和有血有肉；但他們一生努力學習和實踐真理。讓他們走下神檯，遠離神話和廢話，我們才可能向他們學習。

　　佛陀在世時，嚴禁偶像崇拜；「金身」要來做什麼呢？

　　遵循他教導的人，只有修行成果的大小，沒有出身的高下；「崇拜」要來做什麼呢？

　　佛陀修道傳教時，露天而宿，後期才有只為遮風擋雨以求精進的簡陋精舍；金碧輝煌要來做什麼呢？

　　如果不努力修行以追求根本解脫；「往生極樂」要來做什麼呢？

　　然而，最讓我疑惑的，是佛陀臨終的話：「一切功德倏忽生滅，奮發努力永不止息。」

　　如果佛陀生而知之，而且神通無敵，這句話就毫無意義。如果不是，就說明他修得正果，是因為他「奮發努力永不止息」。這樣我們就得到兩個啟示：一是他修得正果，靠的是努力學習；二是我們除了讀經禮佛，也要注意他如何學習。

　　佛陀出身皇族，是印度種姓制度中的第二階層剎帝利。他結婚生子，廿九歲出家。他年幼時就開始學習嚴格的心智訓練「禪定」，稍長即接受正統的婆羅門教育。他學《吠陀全集》《梵書》和《奧義書》，又學「五明」（五種學問：聲明、符印明、內明、醫方明和工巧明，約等於語法語音、符咒手印、梵我禪定、醫學藥理和工藝美學）。年少的他，已通曉「六十四種書」和精通武藝。

然而，佛陀奮發努力永不止息。他不只苦學，而且勤奮思考，觀察事物的本質，以及尋找它們背後隱藏的意義。最後，他決定出家苦行，剃髮鬚、脫華衣，出城渡河，披上袈裟走他自己想走的路，去尋找解除煩惱和身心牽掛束縛的方法。他從榮華富貴走向叢林，從錦衣玉食走向行乞，開始或有不慣，但他知道自己必須重新學習。

佛陀身無分文，赤腳光頭托砵，行無定處居無定所，上乞法以求個人解脫，下乞食以渡化眾生。他對盲目的信仰毫無興趣，反而重視那些講求禪定與修心的學說。這些學說反對種姓制度，有些甚至主張首陀羅（第四種姓）、女人和鬼神，都可以通過學習與修持而得到「解脫」。

佛陀慕名而來到第一位老師的住處，跟隨老師學習將精神專注於「虛空」的「無所有處定」定法。他很快就精通這門學問，並繼續向老師請益。老師說這已是自己所證之法的全部，無法再教以更高深的了，並熱情邀請這位學生一道成為同修者的導師。佛陀知道自己學會的，只是思維境界的提昇，而非達到「滅苦」和啟發「智慧」的真理，不敢以盲導盲，是以婉拒而離開。

第二位導師教他的，是古印度從未有人超越的最高禪境「非想非非想處定」。佛陀很快就駕馭嫻熟，這位導師也發出同樣的邀請，但佛陀仍然選擇了告辭離開。他知道：至今他猶未達成目的，覺悟的曙光仍未出現。兩位老師所教的，對他的學習肯定有所幫助，但不是根本的答案。

這時，他開始思考問題究竟出在哪裡？原來是他一直過於依賴，心外求法。他決定不再向人尋求幫忙，而是用更嚴酷的苦行，以達到深定自省的狀態。他繼續學習，往自己最深層的內心思考。

入林苦行，他學到什麼呢？首先他學習克制和迴避「五欲」。「我當時這麼想：我若是咬緊牙關，將舌頭貼緊上顎，以正念控制、戰勝和消滅欲望，將會怎樣呢？所以，我就這樣去做，在不懈

地奮鬥之中，汗水不住地從腋下流淌下來。」然而，這種方法也沒使他達到目的。

接下來，他學習「止息」禪定。這種控制呼吸，一直到呼吸停止的方法，並非佛陀獨創，他只是逐一實踐當時「苦行林」中流行的嘗試。然後他又學習徹底拒絕食欲的「斷食」法，結果信念雖異常堅定，健康卻每下愈況。「這些痛苦和難忍的經歷，並沒有給我帶來超越世界，乃至獲得究竟圓滿的智慧。也許另有一條通往覺悟的途徑。」

此後，他的思想愈發清晰起來：無度的縱欲與極端的苦行都走不通，那麼，也許「中道」可能就是唯一的正道。問題弄清楚了，他毅然放棄持續了近六年的苦行，走入人群，覓得溫飽，步入河中，洗去積垢，然後回返林中，繼續修行，也經常在供奉「鬼神」的寺廟或神龕附近打坐禪定。

之後的日子，他承受了內心種種不可名狀的恐懼。直到有一天，他發現恐懼是自己內心所生，克服它的先決條件是「心無罣礙」和「五蘊皆空」。這時，他的內心脫離了一切「執著」與「煩惱」，像一面潔淨、光亮且圓滿的鏡子，如實映現世間萬法的實相。此後四十九日，他參悟了「四聖諦」、「十二因緣」及其相互之間的因果關係。此時是公元前530年，佛陀卅九歲，離家已六年。但佛陀從此就停止學習了嗎？

悟道後，佛陀又活了四十九年，傳揚真理，也與弟子互相討論。他的「中道」之法是獨創的，與當時傳統沙門思想的「苦行」水火不容；「緣起」理論也是全新的，與當時主流婆羅門思想的「神創」對立，「無常無我」也與「梵我合一」格格不入。他想讓人接受他的觀點，必然經過一段相當艱難的過程。這時，佛陀得學習溝通，教導弟子和說服外道；信者日眾，他也得學習如何「帶領團隊」。至於自己心中那些殘存的「愛欲」，是否也要繼續奮鬥清除呢？

佛陀傳道之初，就已經把「神通」排除在正法之外。果有神通，何必學習？他是人，不是神。神秘主義與佛陀的教義背道而馳，他所教的是智慧。他以異於常人的努力，識破人類命運的奧秘。他不談天啟、上帝，他不祭祀、膜拜，也不認為自己是先知或教主，更是反對偶像崇拜和神通異術。

　　終其一生，佛陀不斷學習。

　　學佛信佛，也許該從這裏開始。

　　奮發努力，永不止息。

籤散滿地

看到籤散滿地，我終於流下淚來。

讓我掉淚的是茫然。那散落一地的，是我們共同的命運、零亂的指向和慌亂的心緒。

編舞家馬金泉說傅老你得空來看。有三場，今晚是第二場。最後一場是星期天。當晚我二姐來，所以只能趕最後一場。

想不到結果卻是這樣。

那是中央藝術坊的後座，三樓高的老房子。演出場地在三樓，打通三間屋子，以門相連。

第一幕是〈粉墨登場〉，從中屋開始。來賓數十，會聚入口席地而坐；舞者繪著臉譜，持莆扇進入。屋子後部有梯子上假樓，時空交錯就成了戲臺。舞者在臺上臺下穿梭，也在觀眾間來去。時空不只錯亂，戲裏戲外是你是我也分不清楚。「章詒和」登場，有月下獨酌、對影成三的寂寥，也有白蛇是人非人的窘困，最後囚於雷峰塔。

第二幕〈斯人寂寞〉，舞者換到左屋，觀眾跟著移動，轉換時空。那些油傘帶來中華文化的濕潤，也為了遮些蕉風椰雨。「游川」登場，彷彿重回「動地吟」，一張桌子，他的詩〈一張空空白白的臉〉就這樣響起。然後是〈改寫葉亞來街〉，續而唱我的〈因為我們如此深愛〉，朗林連玉的七律「橫揮鐵腕批龍甲，怒奮空拳搏虎頭」，又播周金亮譜的游川詩〈青雲亭〉。「詒和」叩問「游川」，兩人齊問故土。最後是打散詩句，第三幕〈故土叩問〉到此結束。

最後一幕返回序幕場地（觀眾又跟著漂泊），舞者拿起竹筒，筒中是卜算未來的竹籤，沙沙搖擺，往返晃動，又像焚香禱告，祈

求一個答案一條生路，背景音樂是今人譜李清照「尋尋覓覓」的〈聲聲慢〉。

結果，籤散滿地。舞者凝固身姿，緩緩撿拾一根，魚貫緩緩退場。

散場的只是舞蹈。現實還在。我抱著馬金泉，想說話，卻哽咽無語。

游川在裏頭，當然令我感動，但我不會因此難受。

令我震撼的，是籤散滿地。

馬金泉真了不起，怎會想到這個象徵？游川也用其他意象來表達同樣的主題。游川說的是死後歸屬，馬金泉說的是籤散滿地。

一樣，都一樣無根，一樣不知路在何方，一樣是走不出的困境，道不盡的酸楚，以及算不出未來的茫然。

然後我才看清楚傳單這麼寫著：「馬金泉為故土叩問的真性情作品」、「馬金泉對大馬本土華族與文化發展的感懷」。

躲到一旁收拾心情，我才告訴他：真好。真好。也與舞蹈家葉忠文抱在一起。或許，只有體溫能傳達更多的心意。

分手前，馬金泉說：這是我返馬九年來，真實的、一直想說的感受。

他與游川，用不同的方式來訴說我們共同的感受。

國家獨立五十週年。

帶隻烏龜去旅行

沈慶旺《蛻變的山林》新書發佈會，東馬古晉來了田思、石問亭和藍波，詩巫的楊藝雄也到了。能與令我「驚艷」的老友重聚，真是痛快。石問亭成了「東馬笑匠」，藍波則是整治雨林佳餚的「食神」，沈慶旺書中的砂拉越原住民，活在我們眼前，也活得很有味道。

本地人云亦云者多如過江之鯽魚，人家藍海我們藍海，人家慢活我們慢活，自家腦袋長在別人肩膀上還沾沾自喜。什麼時候我們才敞開耳目去認識、動腦用心去體會自家的庭園與鄰居？然後用自己的話說，說自己的故事和想法？

活動翌日，楊藝雄與藍波先回，田思、沈慶旺、石問亭和我跑了一趟馬六甲，走訪古董手工藝名店「鵬志堂」的何國榮伉儷，也踩入艷陽高照與黃昏燕飛的荷蘭街。我說我每年都來荷蘭街「朝聖」兩三次，這條街擁有三、四百年的回憶。可惜還是太年輕，土耳其伊斯坦堡三千年。

東馬笑匠又拋笑彈了。走在窄窄的橫巷，他問我：為什麼馬六甲的狗都沒尾巴？我說有這回事？他邊說邊打手勢：狗尾都左右搖晃，無法上下擺動，只好切掉。因為馬六甲的大街小巷都很窄。

又嫌我步伐太快，問我要趕去哪裡。來到馬六甲，他說，河水慢流風慢吹，也許幾百年的歷史太沉重。反正是渡假，歷史豈能走馬看花。所以要慢慢走，最好用條繩子綁住烏龜脖子牽著走。而且千萬記得：讓烏龜走在前頭。

回程多風雨，我却精神奕奕。今天又學了點東西。無尾狗是胡扯，帶隻烏龜去旅行絕對是好點子。要速行時絕無窒礙，該慢走時腳下千斤。行雲流水如是，人生客旅如是。

車上我回頭告訴石問亭：大將出版社養龜六隻，下次你來，多帶繩子。

落花

道武和慧華的長子來我家玩，我在門前打掃落花。

才十歲的小傢伙說：傅伯伯，很美，但很麻煩。

我先是吃驚，然後啞然失笑，淡淡回答：是啊！每天都要清理呢。

門前這株九重葛，是十四年前買房子遷入時下種的。原是插了七種九重葛七截短枝，希望長出七色鮮艷。其他都活不成，獨這株橙紅色的綠意盎然，就趁枝嫩繞成矮叢，希望花開成簇。後來總覺委屈，放開舒展又一路修剪，它乾乾淨淨的彎身朝上，如今高出屋檐，四向繁華。

黃昏回家，總有三五或數十朵落英睡在地上，像是久等倦累，下凡迎接主人歸來。又像點點落淚，揮別人間色彩。其實不過多情笑我，花自飄零，轉眼又向枝頭鬧。就這樣年去年來，看它開落，打掃枯葉殘花，等待孩子慢慢長大。也沒計算幾片幾朵，也沒計算風雨陰晴。

很美，但很麻煩。確實也是。小瓜不懂：美麗原就麻煩。女人要花很多時間來裝扮美麗，人生要花很多力氣來活出意義。所以人生要多一點領悟：本來如此，本來該做。種花不澆水施肥修剪收拾，花不美麗；做人不勤勞耐心點滴付出，人不美麗。的確麻煩，細水長流原是枝節瑣碎但始終連貫的動作。父母最懂。

然而，種花看花開，盡責而有求，畢竟離無待尚遠，離喜怒哀樂太近。盡責而無求，於人無傷，於己無憂。我本來就是做我該做的，而且做得心安快樂。真正的收獲，落在平靜的心底。

無法打掃乾淨的是落花，能夠打掃乾淨的是心情。

但願日子長些，總有一天會走到那裏。

將來我們握握手

他站了起來，笑著和兒子握握手。

然後，和媳婦握握手。

然後，和女兒握握手。

我驚訝的看著，因感動而沉默許久。

週末，與來自吉打州的文壇前輩何乃健與蘇清強，相約在ikopi 咖啡館閒聊。作協會議結束，他們把文學史料家李錦宗帶來，蘇太甘彩雲校長也隨行。

我們席地而坐。沒多久，清強的兒子、媳婦和女兒來探望父母。他們羽翼已豐，都在雪隆區謀生或深造。

臨走前，孩子和爸媽道別。

我看到清強尊重孩子，把他們當朋友。

這件事的背後，其實是一個完滿和諧的家庭：夫妻恩愛，孩子孝順和樂。

我常說：朋友教我很多。

乃健說：夫妻再怎麼不和，也不要離婚，別讓孩子留下心中陰影。

田思說：夫妻不和分手，結果只能是貽禍子孫。

這回，輪到清強以身教示範了。

也許，這並非什麼大道理，卻是生活裏的暮鼓晨鐘。

學一門知識技藝，不難，寒窗苦讀而已；培養一丁點的智慧，太難，要一輩子修煉。感受越多，個性越強的人，越要留心。

大寶森節，杏兒與我髹漆鐵門，我告訴她握手的故事。

她說：這樣做很難嗎？我說：許多華人家長做不到。

她靜了下來，然後說：爸爸，將來我們握握手。

匱乏與神奇

　　母親拎把柴刀，說：去拿個牛奶袋（麻袋）跟我走。

　　那時我還小。隨母親來到河邊，她蹲在竹叢下，手起刀落，挖出一隻隻嫩笋。我知道，今晚又有好吃的笋絲炒蝦了。我也覺得很神奇：為什麼母親懂得那麼多？懂得如何從周遭環境，找到各種各類的食物？

　　母親小時候，家裏養猪、雞、鴨、兔等，但都是養來賣的，自己沒得吃。所以，那年代的貧窮孩子，很小就學會很多事情，包括種些東西、在生活周圍覓食或找用品。有了孩子，她會說：去，採隻籬笆上的絲瓜，去皮除核，曬乾當碗刷；或者：打下路邊木棉樹爆花的果實，去核曬鬆塞枕頭。她一輩子用的美容護膚品叫「Bulak」（水粉），糯米裝瓶浸水，成粉加茉莉花曬乾搓粒。如今，我也種茉莉。

　　那是物資匱乏但充滿神奇的年代。母親小學只讀一年就輟學，卅多歲當小販學記賬，小數點後永遠只有一個數字，字體歪歪斜斜。她學廣東話是為了做外地遊客的生意，臨老學華語是為了和孫子溝通。然而，她比我懂得太多太多。

　　很多花、葉、根、榦和果都可煮來吃。她得空就去採薑花、青蔥、空心菜、韭菜、薄荷、班蘭（阿檀）葉、咖哩葉、酸柑仔葉，還有一種福建話叫「龍卡洛」（Daun Kaduk，學名Piper sarmentosum）的野生栳葉，那年頭滿地生長，加黃瓜鳳梨蘿蔔等煮成咖哩。小時我不愛吃，如今想回味，母親說：工序有卅多道。

　　她採食的東西可多著，我恐怕數也數不完：黃梨、辣椒、紫茄、木薯、芋頭、生薑（Halia，學名Zingiber officinale）、黃薑（Kunyit，學名Curcuma domestica）、大高良薑（Lengkuas，學名

Alipinia galanga）、香茅（Serai，學名Cymbopogon citratus）、酸揚桃（Belimbing asam，學名Averrhoa belimbi，檳城福建話叫「豬母奶」）、羅望子（亞森，Asam jawa，學名Tamarindus indica）等。我這個笨兒子，只會採集桌上的植物學著作，查華、英、巫文名字和學名。

也許，我採集的還有童年回憶，母親帶著孩子長大、一點一滴教孩子生活知識和人生道理的回憶。她種過兩株楊桃樹，粗糠埋在土裏，果實包在紙裏。我剛讀小學時，她會說：來，拎一袋給你的班主任。害我看了班主任一年，怎麼看都覺得她像我母親。

回憶就像母親種的楊桃，酸酸甜甜。她小時候，窮得只能吃木薯皮，肉是拿來賣的。皮有兩層，外層堅硬不能吃。外祖母剝了內皮放在一旁。小孩子肚餓難耐，抓一把吃進肚裏。

母親說：「吃後兩腳發軟，醉倒地上。」

鍋巴香

　　喜歡「鍋巴香」這名字。這是窮苦人家才理解的味道。

　　母親說除了茉莉花，「maka nasi」也可以做成敷面美容的水粉。這種攀藤植物，開小白花束，比茉莉還香。我聽成「makan nasi」（吃飯），跑去問花圃老闆娘。她聽不懂。我約略形容，她說是「kela nasi」，帶我去看這種花。我嗅了嗅，香味果然濃郁。

　　遇見我的「植物學老師」何乃健，他聽了回去查。沒多久見面，他說：華文叫「紐子花」，馬來文是kerak nasi，學名是Vallaris glabra。接下來就輪到我上網查資料了。

　　紐子花其實是通稱，Vallaris是夾竹桃科紐子花屬，應有十種。英文俗稱bread flower，馬來文又叫bunga kesidang或bunga tongkin。原產地是爪哇群島。纏繞狀灌木，有白膠；葉橢圓對生，花萼五裂。

　　馬來文kerak nasi是「燒焦的飯層」，也就是鍋巴。馬來諺語membesarkan kerak nasi指增加不必要的開銷。百物騰漲，煮飯記得別燒出太多鍋巴。

　　花名鍋巴，一說是花香似鍋巴。我是見過嗅過也吃過鍋巴的那一代，但嗅起來不像，倒有點像是班蘭（pandan）。

　　去年六月買了兩株種在家裏，用鐵綫打橫讓它高攀至屋檐，希望有一天我媽從檳城來住，花開滿樹，她一定很喜歡。

　　買時問明多久開花，說是兩、三個月。半年後綠葉成蔭，卻無花蕾。又去花圃問，老闆娘回道：我說過兩個月後開花嗎？是不是陽光不足？花肥太少？最後叫我回家耐心等待。

　　又等了半年。天天看著肥大的葉子和青嫩的細芽。仔細揣摩，看來確實是細芽，不是花蕾。

那天爬梯為九重葛修樹，居高望下，竟不經意發現一小束新綠，才露尖尖角，白衣未現。那是花，久等一年了的。

　　算算日子，再過一個月，媽就要來了。

　　這花樹知道兒子的心意。

15：0

　　我喜歡打羽球，中、小學曾是校隊。念先修班苦讀，每晚兩大杯咖啡不加糖，弄壞身體，擠上大學，卻終究擠不進大學校隊了。教練說錄取三名，我排第四。

　　也許，我喜歡的是握拍如劍的感覺，短長高低封切殺，考驗的是反應、判斷、速度、體力，以及對那幾根羽毛半圓木塞的感覺。拍輕球輕，卻能球如矢疾、力道萬鈞。

　　我迷戀米字步訣，彷彿淩波微步；我迷戀靈活轉拍，彷彿伸縮自如；我迷戀反手扣殺和躍殺，彷彿鷹搏長空；我迷戀料敵機先，彷彿運籌帷幄決勝千里。但我還是最愛網前對角球，精準的力度、弧度與落點。

　　如今，工作忙碌體力漸衰，我已封拍。

　　有一件事，卻像那顆網前對角球，以精準的力度、弧度和落點，凝固成心靈的瞬間永恆。

　　強中自有強中手。年輕時，我參加球賽，第一圈以十五比零擊敗對手。第二圈，輪到我吞雞蛋。然而，優勝者在第三圈也以零比十五敗北。驚訝的我開始體悟：原來每一回的勝利，都可能換來下一次的零分。

　　問題在：我遭遇或選擇的對手是誰？

　　後來苦學出版，詹宏志是我的偶像。（謙虛的他一定說：沒這回事。）

　　某次見面，我說：學長，讓我跟你三年，隨你到處開會，從中學習出版。我為你準備文件拎公事包。

　　他沒說不行，態度仍然誠摯，語氣仍然淡定：我的秘書和同事隨我到處飛，會議開完，他們仍然聽不懂我說什麼。

我沉默下來。我深信他的話，也感激他的厚道。只是心裏有個聲音，以精準的力度、弧度和落點，輕輕拍擊生命的對角：

　　十五比零。

　　我因而氣餒嗎？

　　每一回的零分，都可能換來下一次的勝利。

　　我何其幸運，遭遇許多像詹宏志這樣的高手。

　　生命裏高手如雲，正是我長進的際遇。

你錯過一場葬禮

也許，我不該用「精彩」來形容。

「獨特」是恰當的詞彙。音樂、藝術與文學，追求的正是獨特。

傍晚七時，人潮絡繹不絕。靈前敬禮完畢，就靜靜等待追思會的開始。八百張椅子座無虛席；站著的，還有數百人。有人目中含淚，有人哭紅雙眼。

詩人小曼主持儀式，幾個講話後就輪到陳徽崇老師的「音樂兒女」登場。數百個合唱團、管弦樂團和廿四節令鼓隊的成員，有的從國外趕回，送老師最後一程，在老師靈前再演一場。

以前，是老師教導、指揮和帶隊；這次，他們得靠自己，為一個心愛和尊敬的人、為一個美麗而崇高的靈魂，以真誠、感恩和敬佩的心，參與這場告別的演出、死亡的讚頌。

節目有獨唱、弦樂、合唱和鼓陣。歌樂是他譜曲的。鼓是他的孩子。歌聲此起彼落、樂聲壯闊飄揚、鼓聲鏗鏗響起。

彷彿為了完成老師的遺志，他的學生他的朋友把殯儀館變成音樂廳，把追思會變成音樂會。

場面如此浩大，聲勢動人心魄。每次表演完畢，沒有掌聲；每次如雷掌聲，都是給陳徽崇老師的。

只有他，才會有這樣的葬禮；只有他，才會有這樣的音樂會；只有他，才會有這樣的掌聲。

如此與眾不同的葬禮，給一位與眾不同的人。

死而無憾。我心裏想。這樣的人活出了尊嚴；在許多人心裏，他會繼續的活下去。

素王。我心裏想。這是一次華麗而悲壯的送行，送一個有王者之道而無王者之位的人。就人文精神的堅持與發揚而言，他是殿堂，他是經典。

這樣的葬禮，才是「人」的葬禮。

他走了，但留下光和熱。我們感受和學習，將來也會擁有這樣的光和熱。未必要名留國冊，却能隨他眾星並列，燃燒夜空。

追思會翌日公祭舉殯，我看了陳老師就離開。他神色安祥，嘴角輕掛笑意。他一定喜歡這樣的安排。

來時沉重悲痛。我驅車北回，却覺不虛此行。

人生不虛此行。

修樹

　　我家門前有棵芒果樹，搬來時及腰高度，長在籬前水渠旁。周圍是栢油路，彷彿貧無立錐之地，它只有方寸空間可以成長。

　　十多年過去，樹不斷茁壯且枝葉茂盛，必須不斷修剪。每年有一兩次，我用刀拿鋸，上樹或爬梯，去其枯枝，斷其贅椏。

　　然後它開花結果，用甜蜜來回報辛勞。纍纍果實，比蘋果大，熟時金黃，清香流溢。近百粒芒果陸續成熟，我分些給左鄰右舍和友好，留點給孩子吃。遇到回鄉時刻，也記得拎一袋孝敬老人家。

　　記得搬來三、四年時，有一回岳母北上探望。她拿起鋸子，把我剛修理的果樹，重新剪裁一輪。我看著沉默的樹，它彷彿有話要說。

　　又過兩、三星期，我媽也南下看兒媳孫女。她拿起鋸子，又為果樹去枝除椏。她說：不開花就綁紅布，再不開花就打鐵釘。我媽不說修樹或開花，她用福建話說「洗樹」和「噴花」。果樹依然默默。我想：總有一天，我要種一片芒果園。

　　樹頂有電纜橫空，市政局怕它破壞，也來修理。我的住宅區像馬來鄉村，頑童手癢，也來欺負它。然而，它卻是這條路上，唯一開花結果的樹，沒有病蟲害，也很少半路掉果。

　　它引來鄰人欽羨的眼光。它引來夜間覓食的蝙蝠。松鼠上下爬竄，黑枕黃鸝窺探葉間，珠頸斑鳩樹上安家。最近有隻流浪雞，也把這株芒果樹當成歸宿，黃昏躍上籬笆再飛撲樹梢，在隱密間咯咯得意。

　　女兒問：爸，你知道這隻雞的名字嗎？我說：雞也有名字？女兒說：有，就叫芒果雞。惹來一家歡笑。

　　我曾夢想這棵樹，能為庭院庇蔭，老來放張躺椅，樹下讀書納涼。

我曾夢想這棵樹，外孫來時為他們切一盤香甜。

前頭還有一段歲月。我還得繼續修樹。

叻沙姨的孩子

　　母親賣叻沙的那段日子，我們四姐弟有個外號，叫做「叻沙姨的孩子」。

　　叻沙姨的孩子遇週末人多，會到茶室幫忙切菜捧碗洗刷；否則就是中午或黃昏，「頂檔」讓母親回家煮飯洗衣。

　　四姐弟中我最懶，總是不情不願，或是藉故開溜。到臺北上大學後我鬆了口氣，彷彿遠離叻沙檔，就告別艱辛的日子。

　　然而，母親當小販前後十八年，我從沒聽她說過一句辛苦埋怨的話。這段漫長的歲月，原該是她的美麗年華。可是日子的重擔卻是她的孩子、是養家活口，沒有她自己。

　　我想起白色的沙葛渣汁，以及汁面上的血滴。

　　為了要給叻沙湯添味，有時也因魚貴或缺貨，我和弟弟必須幫母親把沙葛剝皮磨成渣汁。扁平的磨板是鐵板做的，上頭長滿一根根尖利的倒刺。當滑溜的沙葛磨剩小塊時，很容易就劃破或刺傷指頭和掌緣。

　　血一滴滴的落在白色的渣汁上，然後慢慢散開。除了疼痛，心裏也有怪怪的感覺：顧客喝的叻沙湯，裏頭有我們兄弟的血。

　　其實，煮成湯後，沙葛已無蹤跡，血味也完全消失了。傷口早已痊愈不留疤痕，腦海中獨留這紅白的印象。

　　許久後我才明白：隱隱然仍讓兒子疼痛的，是母親的生活。

　　更大片的白色，是她忘我無私的付出。

　　最後煮成五味雜陳的叻沙湯，是生活的辛酸苦辣。

　　我也記得：那段日子裏，當有人贊美說「叻沙姨的孩子」會讀書有出息，母親一定綻放笑顏。我們四姐弟也一直提醒自己：一定要努力，因為母親是夙夜匪懈千辛萬苦才把孩子養大的。

母親「退休」後，沒人再叫我們「叻沙姨的孩子」了。彷彿這個稱呼，成了家庭生活的歷史名詞。

有點懷念，却不想重回。或者只記住美好的，忘掉悲痛的。生活就是這樣。

沙葛別名地瓜、沙瓜、涼瓜、葛薯或地梨，性味甘平無毒。降血壓止渴生津解酒毒，主治暑熱煩渴、頭昏頭痛和發熱感冒。喜溫喜光，生長期要求較高的溫度條件，發芽期要求攝氏卅度。耐乾旱與瘠薄。價錢廉宜，味美清爽。

我媽的菜

母親閨名有個「端」字，熟人叫她阿端嫂或阿端姨。她的廚藝，口耳相傳。她不賣叻沙後，親朋好友家有婚嫁，喜慶前夕她都去幫忙煮炒，福建話叫「出菜」。所以，我母親的本事，是可以包辦酒席的。

我外祖母是娘惹，所以母親多煮娘惹菜。逢年過節，母親都會烘焙娘惹糕點，少數留自家人吃，多是接受訂單銷售。

她對下廚這件事，極其認真勤奮。首先，廚房須有她要的廚具和空間。其次，她會告訴你火炭最佳，煤氣次之，電煮下下。第三，她很會挑剔巴剎（菜市場），物品不齊魚肉不鮮，她是看不上眼的。第四、她對佐料要求很高。第五、她痛恨味精防腐等添加劑。

每次我回老家，她都不喜歡兒子到外頭吃，她說又貴又難吃。我到新關仔角聚餐回來總是挨罵，因為那是「賣給遊客吃的」。所以如果要我介紹檳城美食，那只有「阿端姨」這家，惜不開店無從光顧。

然而，天底下如果有人記得你小時候愛吃什麼不愛吃什麼，這個人叫「母親」。我媽忘了她過去生活的困苦煎熬，獨獨孩子的口味，她記得一清二楚。等你回家，她就專煮這些，你絕對看不到一道你不愛的菜餚。

我最愛芥藍炒雜、豬母奶炒蝦、五香鹵肉、倫巴硬尾、魷魚炒、胡椒豬肚湯和鹹菜豬腳湯等。我一回家，上桌的就這幾道菜。母親會把孩子對食物的喜惡，用很耐心很細節又那麼持久的方式記下來。也許你都忘了，她記得。

廚藝要什麼？答案簡單清楚：就是愛心。因為你認為替孩子煮他們的「招牌菜」很重要，你就會花費心力時間，去把每一道煮好來。

也只有媽媽煮的菜，才會有全世界不可能雷同的味道，那是家的味道。

出了家門，我不喝湯。我吃別人裏的肉粽，至今不合心意。只有我媽裏的，才是天下第一。她最知道五香粉該放多少、蝦米蘑菇鴨蛋黃栗子五花肉要放多少、鹹淡如何，最重要是絕無豆類。甚至，我們四姐弟要求不盡相同，她都可以量身訂造，在鹹水繩索上做點區分就行。

我媽知道我要帶詹宏志先生一遊檳城，堅持要我帶客人回家吃頓便飯。記者要詹先生打分，他說：「傅媽媽的私房菜是獨一無二的，無法打分。」

私房菜是獨一無二的，因為每一個人的媽媽都是獨一無二的。

在媽媽眼中，每一個孩子，也是獨一無二的。

截流而過

　　導演陳翠梅為了幫林金城新書《知食份子尋味地圖》，製作〈某種鄉愁〉飲食記錄片，打算找繼程法師訪談拍攝。

　　我說好，連袂同去太平，我也要邀請師父開講《金剛經》三日課程。

　　辦完公事，師父說：找你的老同學陳耀德來。

　　耀德說：你們到我家來，就在山邊，小河流過，無上清涼。

　　車子甫停在陳家門口，即尋小徑至溪。師父與陳導二話不說，下水而游。師父不著僧衣，赤膊浮沉；陳導和衣貼身，時而潛伏。

　　小學同窗耀德帶著兒子同樂，水深淹臍，他對岸上的我說：蒼蠅，你不下來啊？──蒼蠅，是我小時常「黏著」女生而得的惡名。

　　山溪緩緩，裸石纍纍。大樹庇蔭，時有蟲鳴。

　　誰聽說過蒼蠅會游泳？剛才在太平佛教總會，喝了師父泡的武夷茶，如今只想找到地方釋放，惜有女生同行，否則就地解決。

　　師父與耀德閒聊；陳導興盡猶摸著大小石頭，想找幾顆合意的回去擺設大荒電影公司。我說：剛才師父為妳寫了大字，妳已不虛此行。她笑笑。結果，共有十數顆放上我車，小者掌握，大可合抱。

　　至耀德家換洗訖，敷座而坐，喝青餅笑談。繞太平湖，再送師父回佛教總會，陳導又抱一堆書籍雜物上車，外加師父贈送的自製福袋。

　　回程轉入怡保吃芽菜雞，竟迷路兜轉，離開已是晚上九時。過打巴遇大風雨，險釀車禍。高速公路無燈，一車外道翻覆，一車停泊內道，兩車夾道，坐在身側的陳導喊注意，我急繞中道而過。

　　午夜抵隆仍是細雨濛濛，陳導等人下了車又上自己的車，說是有約，還要趕赴茨廠街拍金蓮記。

我到家洗個澡，看著安睡的女兒，拿起《金剛經》重讀。沒翻幾頁，沈沈入夢。

　　無所從來。亦無所去。

　　風雨燈火，留在外頭。

老爸是老大

　　陳翠梅說導演James找人演老大，她說我像，她同事也這麼認為，所以推薦，問我意下如何？如果沒問題，就在某時某地洽談。戲份很少，不會動用您老人家太多時間。

　　我開口就問，語氣可能凶了些：我像老大嗎？我哪一點像老大？

　　陳導囁嚅數秒，輕聲細語回答：就是蠻像的，所以才想到你。

　　回家我照鏡子再三端詳。不可能，這人溫文儒雅，怎麼會像老大？但也有可能，詩巫老楊獨具慧眼，說我臉有橫肉，眼光凌厲可堪橫掃三軍。

　　我告訴女兒：喂！你們老爸要去演老大。老爸福建話叫令伯，老大叫安大，令伯是安大。女兒笑倒，差點從樓梯口翻下來。

　　陳翠梅老遠從吉隆坡趕去檳城看「動地吟」，這份人情要還。我只在念先修班時演過莎士比亞〈凱撒大帝〉的舞臺劇，這份新鮮不容錯過。告訴城邦周總，他說小心形象，以免晚節不保。偏偏我生肖屬豬，性格像貓。但請別弄錯，我是說好奇，不是偷腥。

　　帶了長女去見詹姆斯，讓她見識見識。我開口就問：我像老大嗎？導演輕聲細語的說：是這樣的，你演一個上了岸的老大，在企業辦公室裏教訓後輩，後來這位後輩也成了老大。

　　又怕我悟性太差，他補充：如今，上了岸的老大看起來都斯斯文文。而且，你是以老師或老前輩的口脗教訓後輩。

　　這話還差不多。斯斯文文，我太熟悉，這是幾十年的朋友了；老師，我曾誤人子弟十三年。老前輩，我確實也差不多了。我沒告訴導演，我真認識一位老大，十幾年的朋友了。

　　就這樣說定，再問一些細節。戲名《黑夜行路》，戲份約五分鐘，講稿簡單幾段，明日電郵惠下。最後我說：派個司機，載我

來回拍攝地點。語氣還真有點像老大。我沒說的是：那地點是山旮旯，老大我路不熟不走，魚不鮮不吃。最好導演你再給我找個保鑣。

導演說帶五件衣服備換，我傾箱倒篋帶上十三件。開拍前還有點忐忑，就怕忘詞。後來安慰自己：只有忘命的老大，沒有忘詞的老大。

戲以華語和福建話對白拍了幾次，血壓量了幾回香烟抽了數根。詹姆斯說OK，一切順利。我說我是檳城福建人，但多年少講，鄉音已改鬢毛衰。導演說：那好，就選用福建話。我又問：我真的像老大嗎？這回他笑了。

翌日回出版社，我告訴同事：今後別叫社長，叫我老大。

回到家我告訴女兒：我不是妳老爸，是妳老大。

拔劍出鞘

《論語》有一段文字：「鄉人儺，朝服而立於阼階。」

「儺」是當時民俗信仰裏驅逐疫鬼，近於戲劇表演的儀式。全文意思是：鄉裏的人舉行驅逐疫鬼的儀式時，孔子穿著正式朝服站在東邊的臺階上。

孔子不談論反常、勇力、悖亂，以及與迷信相關的神異事情。「儺」顯然也在「怪、力、亂、神」的範圍。但是，孔子並沒批評驅逐疫鬼的儀式，反而表現諒解與尊重。孔子尊重不同文化信仰，正如他尊重不同意見。社會要安和、國家要進步，互相尊重，才能彼此諒解和包容。

長女杏兒猶在繈褓之中，深夜啼哭不眠。我抱著她走去那家鼓樂喧天的鄰居，生氣的警告：你們的「轟趴」如不調低分貝，我就報警。

長女杏兒猶在繈褓之中，深夜啼哭不眠。時近農曆新年，外頭爆竹如雷貫耳。我寫了篇文章，同意嚴禁爆竹。某位前輩讀了很不以為然，責備我說怎麼可以丟棄自己的文化？

那時，我只知道自己心疼女兒才憤慨。年去年來，我終於明白不僅如此。

巫統大會又有馬來高官舉劍了。這回他利刃出鞘沒高舉，只是「低舉」面前親吻劍身。讀此新聞時，正好有位前輩在身邊。我說問題不在高低，而在該與不該。他教訓我說：你不懂馬來文化，吻劍是他們的傳統，未必帶有敵意。

吃豬肉是華人的飲食傳統，但我們不會在回教徒面前吃豬肉，然後告訴對方：我沒有敵意。我們也不會在外國朋友面前吃榴槤，然後告訴對方：我沒冒犯。

每一族群都應該重視且珍惜自己的文化，但在多元種族與文化的地方，我們也該時時留意彼此之間的感受。留意對方的感受，不去冒犯人家，就是感同身受，就是尊重。

　　舉劍也好吻劍也罷，也許不是無知，亦非自我與傲慢。該是政治動物的蠻荒生存法則吧！遠離文明十萬八千里。

　　與政治動物談同理心談推己及人，那是對牛彈琴了。先有感同身受，才能相互尊重。先有真誠，才會感同身受。政治動物遠離真誠十萬八千里。

　　高尚的人，會穿著正式朝服站在東邊的臺階上，雖不同意，但會尊重。高尚的文化，會為人著想。不為人著想，哪來慈悲、博愛與和平？

　　歡迎繼續表演拔劍出鞘。利器的背後，我看到選票不翼而飛。

失樂園

　　1984年，新山寬柔中學合唱團主辦成立十週年紀念暨第五次常年實習演唱會。特刊中的〈陳徽崇簡介〉是這樣寫的，形容貼切，也頗能涵蓋他的一生：

> 瘦小的身影，故意走入風中，挑起了沉重的包袱，忍受著原始的痛苦，輕輕舞動著指揮棒，挑亮了藝術的光芒。十個春天來，帶著我們，突破名利現實的樊籠，聆聽湍急的流水在山谷迴旋，萬丈高山在藍天咆哮的氣候裏！縱然藝術的道路是如此的寂寞、蕭條，但他仍抖擻著精神，在冷風裏尋覓、低吟，當一個高聲唱詩的人。印象中，他灑脫、浪漫、熱情而且真摯；像個藝術的使者，帶領我們推動著藝術巨輪前進！

　　這個走入風中、夜追星子的瘦小身影，如今是永遠消逝了。

　　留下的，是他的典型。我們曾經因他感動、受他影響。

　　能讓一位音樂家留下痕跡的，是他創作的樂曲。《陳徽崇：他的文字與紀念他的文字》，是他生命的註腳。也許，他不會太看重自己的文字。只是，他做了他該做的，現在就輪到我們來為他做些事：用一本書，以他的文字與紀念他的文字，記錄和緬懷陳徽崇。他寫的曲與歌，在他逝世前已有曲譜與光碟流傳。可是，這樣一個人，活出豐富與圓滿的人生，顯然必須從不同的角度來解讀。文字是其一。

　　從1972年至2005年約卅三年間，他斷斷續續寫了五十多篇作品。彷彿咏歌之不足，他必須透過文字來表達他的所思所感。早期他用過的筆名包括：五哥、徽之、黃徽和長老等，後來還我本名。

這些文字頗多議論與針砭，我們看到的，是一位與社會滔滔激辯的陳徽崇。這並非舞臺上或鋼琴前從容淡定的陳徽崇，而是紅塵街頭聲嘶力竭的陳徽崇。

「文字本身具有固定的意義，音只能與其他音聯結時來假定一種意義；文字傳達明確的思想，音樂暗示一種難以捉摸的精神狀態。就因為不能捉摸，因此音樂曾不斷的企圖以文字來說明。」

這是陳徽崇一篇文章裏的話，或許正好說明音樂之外，他還想透過文字表達的原因。但他也說：「莊重的音樂家拒絕企圖將他們的藝術束縛於具體的描繪。像這樣的描繪破壞了音樂唯一的光輝——它要從文字與明確的意義中解放出來。」

從他的文字中，我們瞭解到為什麼他當初帶領寬中合唱團，就有了「實習演唱會」；也瞭解到他當年帶領學生從事現代詩曲創作，要把他們帶上電臺演唱的原因。1976年他寫〈這一代的旋律〉時提到音樂廳。1980年他在給學生陳質采的信中就提到新山音樂廳。後來還有「南馬樂苑」和文化廳。這件事，他在心裏存放了卅多年。

或許，再萃取一些他的文字，能讓我們深思：

> 「一個人的生命必須充實，然後方能以自己的生命來充實他人的生命。」
>
> 「一個人知識領域愈廣，小我的成份就愈少，大我的精神才能應運而生。」
>
> 「賢明的政府與頭腦開通的人，都能為藝術開闢一塊美好的園地！」
>
> 「思想家認為國家人民要富強進步，最好是靠政府的政治力量；但若從長遠的眼光來看，教育的力量更有效果。不從事長遠計劃則罷，否則非教育不為功。」
>
> 「文化、藝術、音樂是社會與民族的免疫系統，可以抵抗功利享受物質頹廢的病毒！」

編輯《陳徽崇：他的文字與紀念他的文字》的時日裏，我常聽他譜的詩曲專輯《星夜行程》與《如日如風》。回想前塵往事，總磨滅不了一個清晰的想法：

這個人的腦海中有一個世界，這個世界是與功利嘈雜的現實扞格不入的。音樂廳只是他理想世界的縮影；或者，是他對凡俗塵世的寄望。他始終不肯隨俗或通俗。

他心中有一顆星子，他走入風中……他的苦悶經常化為文字的嘻笑怒罵；但大音希聲，他真正的激辯，是現實與虛偽的人心。

我們很少在生活中遇見這樣的人：他的才華讓我們驚歎，他的真誠讓我們感動，他的堅持讓我們欣賞，他的失落讓我們疼惜。

也許，我們心中也有一個不易察覺，卻因他而喚醒的失樂園。這個失樂園有真情、率直和純潔的人心，也有正直、祥和與公平的理想。我們不知道自己喜歡他的人他的歌，原來是要提醒或補償我們應有，卻失去了的。

1988年，他寫過一首詩〈等風的根〉：

你啊
何時來
我們無身之後
你是否依然吹過薔薇

你何其虛無縹緲
實在的我何其隱賤

先讓它燒吧
除非地球不轉
除非咱們無根
夏秋冬之前
你會先來

他總是告訴我們希望；他總是告訴我們生生不息的力量。音樂廳只是他比較容易說明以讓人理解的比喻。重點，是這個比喻背後的涵義。

是。《陳徽崇：他的文字與紀念他的文字》，就是要留下這樣的涵義，讓更多人因他感動、受他影響。

一個社會，要等很多很多年後，才有機會，再遇見這樣一個人……

是。除非地球不轉，除非咱們無根。除非我們不面對將來。

否則，讓我們再次擁抱陳徽崇，以及他的失樂園。

才華如糞土

這是一個文化單元的國度，內部死氣沉沉，對外競爭乏力。它只會打壓和欺凌其他族群文化，唯我獨尊。

1971年，馬來民族菁英一手遮天，確立以馬來文化與回教價值觀打造國家文化的兩大原則。符合者叫國家文化，否則糞土。

十二年後，民間十五華團向政府提呈〈國家文化備忘錄〉，建議國家文化應以各族文化的優秀因素為基礎，並基於民族平等原則，通過民主協商來建設。

廿五年過去，政客仍是聾子。試舉一二例說明之。

獨立電影導演陳翠梅，2006年榮獲韓國釜山電影節兩大獎項時說過：「有一個條文規定，只有70%以上用馬來語對白的電影，才可以被稱為馬來西亞電影，我拍的電影就不被歸類為馬來西亞電影，所以跟其他外國片一樣，要繳稅。每當我們跟國外那些電影節的人談起，他們都覺得很不可思議。」

音樂家陳徽崇逝世，團結、文化、藝術及文物部頒予「國家文化人物獎」給他，友好決定國旗蓋棺，四方傳誦。你問我高興嗎？我問陳老師高興嗎？

陳老師去世前一星期，小曼帶了刊有獲獎人物特寫的報章，到新山中央醫院三一七號病房探望他。小曼這麼寫：「那個傍晚外面細雨，體弱的你却挺精神。師母給你戴上老花眼鏡，你用勁瞄著我掃描後放大的新聞，開心地笑了。你幽默依舊，故意用『聯邦腔』耍了兩句：『夠力嘍！夠夠力嘍！』但話猶未完，嘗試也伸來握紙的手失力而墜。我緊緊握著您的右手，感覺到你也幾番用力握扣我的手掌，你叫了一句：『小曼——再藩！』我第一次看見你眼眶裏滾著淚花⋯⋯」

——陳徽崇高興嗎？我看過他上臺接領「薪傳獎」，致詞時指責財雄勢大却只頒發稀薄獎金的主辦單位；我看過他為了帶領合唱團到國外演出而四處籌措經費；我看過他撰文批判新山華社豐衣足食卻蓋不起一座音樂廳。但是，我從沒看過他為自己得獎而高興。陳徽崇，很少想到自己。

　　「夠力嘍！夠夠力嘍！」是什麼意思？恕我強解，他是說得到這個獎沒多大意義。政府不過偶一為之，彷彿施捨。「國家文化人物獎」只是政客心血來潮，還煩勞有心人多方奔走，美其名曰「爭取」。

　　「眼眶裏滾著淚花」是什麼意思？恕我強解，他是說活在這個國家，才華如糞土。國家文化是誰的文化？〈國家文化備忘錄〉仍舊是廢紙數張。

　　活在這樣的國度，有才華的人眼裏心裏要「滾著淚花」，真是「夠力」。

　　陳徽崇願意自己的靈柩，蓋上一面輝煌條紋？

游川在場

　　「動地吟」演出翌午遇福南，他說昨晚游川的「靈」彌漫全場，這是籌備了一年的風光葬禮。黃昏下起大雨，佩璇說昨天黃昏六點她從甲洞出門就遇滂沱。我記得六點四十五分，我還在會場隆雪華堂門口看著晴朗天空。演出前一天大家還開玩笑說游川來了電話，告知一定不會下雨。演出翌晚看第二電視臺的華語新聞八點前綫，主播曉蕙用了五分鐘來報導，最後一句引游川詩〈櫻花雨〉的「一刹那的壯烈飄落／完成我一生的絕美」。時間開始錯亂。廿年的風華在一晚爆發，釋放最大的光和熱。

　　我壓抑了一年。有時半夜，有時從某個會議走出，告訴自己：游川走了。只有這麼一個晚上，我才知道他還活著。我一直要他活著，出書讓他活在他的詩裏，出光碟讓他活在他的聲音裏。然而，我一直忐忑，他能不能活在沒有他的「動地吟」詩曲朗唱會裏。舞臺背板右上角有他，田思的詩裏有他，我訓練上臺的學生嘴裏有他，金亮、益忠、友弟等的歌聲裏有他，金泉和忠文的舞蹈裏有他。我還是忐忑。這次，許許多多人盡心盡力來辦好這場活動，我也告訴自己要算無遺策、滴水不漏。只是，一個沒有主朗詩人游川的「動地吟」，終究讓我忐忑。它可能只是一場紀念哀悼。風雲不再，感動不再。

　　直到我把和游川共喝的花雕罈子交給金泉，直到舞者把罈子在臺上傳來遞去，直到再次看到籤散滿地，我終於平靜了下來。這不是一場演出，是一種儀式，說的是「動地吟」在這時空大寫的意義，說的是游川鏗鏘的朗誦語調。之前接受副刊記者燕棣的訪問，金城、育陶、若鵬和我都同意：游川的朗誦方式是不可學的，但他示範了方法，如何在一首詩裏尋找朗誦的賣點，然後用自己的聲音

和風格表現出來。結果當晚，詩人頻頻出招，學生出招，還有歌手和舞者動人的詮釋，最後游川生前灌錄的聲音出場，再次為「動地吟」烙印一個閃亮且完美的驚嘆號！有人在詩和歌裏流淚，有人驚訝詩原來可以這樣子朗誦，歌原來可以有不同的聲音，舞原來可以完滿結合詩的情懷。這一切，都因為游川而來、而生、而高潮迭起、而令人刻骨銘心。

游川在，還在。小曼感冒了，多了沉潛的鋒利；金亮老了，多了滄桑的魅力；游川走了，多了無形的震撼。老去，不是消逝，是留下。把感動留下，把味道留下，把精彩留下，把路和意義留下。當臺上的學生每朗完一首游川詩，就有如雷掌聲；當清強校長每朗完一句「老師，假期了／不要給作業，可以嗎？」臺下就說好；「不要再補習，好嗎？」臺下就說好；我終於可以大聲的說：詩歌確確實實重新上臺；「動地吟」確確實實重現。游川，也確確實實活在他建設的舞臺上。

這就夠了。傳承得再次詮釋游川，已經生動飽滿。更多人會認識、記得游川，讀和朗他的詩，感覺他的心跳和體溫。剩下的，是我對每一位臺上臺下的人的感激。大家都為游川，以及社會和將來做了一些事。

我想了一天才回答福南：你說的「靈」，其實是精神。他笑了。駱董也在場，只簡單有力的說：再辦！我說：駱董，幸好游川新書推介禮時，你「彩排」過那首〈藥材詩〉。

游川在與不在，「動地吟」始終是他的舞臺。

如今，這個舞臺讓他復活，同時也有了自己的生命力。

如果他知道，一定會說：好！傅老，來去喝兩杯。

開門即是閉門人

　　每次告訴朋友我的住處，他們都異口同聲的說：好遠。

　　家住黑風洞左近，駕車到隆雪華堂一路順風，十五公里約廿分鐘。如果這樣算遠，是因為塞車，尤其遇上擾民為樂的路檢。慶典封路、賽車封路、示威封路，結果，人民與政府的通路也封掉了。

　　心與心之間的路，可以很近，也可以很遠。感同身受、為人著想，人心可以很近；自以為是、自私自利，人心可以很遠。當政者與民同樂偕樂，民之所欲常在我心，民心可以為近；謀權圖利、黨同伐異，民心可以很遠。忘了爾俸爾祿，民脂民膏，更遠。

　　心靈塞車，人與人的距離咫尺天涯，官與民的距離形同陌路。可是，仍然有人不以為意，繼續封路。能封掉的是半世紀的執政之路；封不掉的，是更多更強烈的厭惡之心。

　　就只當政者如是？華社亦然。我們很容易關閉心靈。有人反對示威，因為影響私利，商店必須關門。我們封閉心靈如關起店門，因為擔心利益受損。所以示威不關我事，街頭運動只要不在我家門前發生，我不反對。當然，我也不會參與。

　　華人最易封閉心靈，因為我們怕事：怕動亂毀了心血，怕殃及池魚。一有風吹草動，我們明哲保身，把頭尾四肢縮進殼裏。說是怕也未必，我們勇於關起門來內鬥，鬥垮鬥爛鬥臭，不怕置自己人於死地。

　　就只華社如是？人心皆然。你我只樂意看自己想看的，聽自己想聽的。你我只圖一己之方便，罔顧公德與公益。我們排他，因為我是你非、我對你錯。我們為自己的心靈裝配重重枷鎖，把別人都關在門外。風中雨裏，但求一己無事，別人安危都在心外。

凡關閉心門的，都是心賊。山中之賊易去，心中之賊難除。

　　心賊橫行，當政者如是，華社如是，你我也可能如是。這個社會因此欺而忘信、利而忘義、私而忘公。

　　當國家與華社風風雨雨，當自己遭遇難題，請打開心門，讓心賊離去。

　　能打開心門的，就只自己。

凝視黑暗，看見星子

　　我說過：我常在書裏遇見自己。讀珍娜‧沃爾斯（Jeannette Walls）的《玻璃城堡》如攬鏡自照，照見人子人父的自己。如果你在問題家庭成長，你要讀這本書；如果你正在製造問題家庭，你要讀這本書。為人子女或父母，都要讀這本書。也許，你也會在書裏，遇見自己。

　　《玻璃城堡》是本回憶錄，作者珍娜寫她的成長故事，因擅長敘述，讀來更像生動的小說。也許，你的家庭不像她的那麼「荒謬」，但家庭裏某個陰暗的角落總是大同小异。問題是：我們如何走出陰影，尋找自己要的人生？

　　要形容珍娜的父母並不容易，他們是怪胎。夫妻倆遊手好閒、反抗權威、熱衷幻想，因而可以不顧孩子溫飽安危。他們的說詞是「自助者天助」、人生的美「就美在它必須為了生存而奮鬥」。當孩子長大後想幫父母，他們說：「真正需要幫忙的是妳。你的價值觀太混淆了。」

　　珍娜父親很有學問，精通數學和物理等，夢想製造黃金探礦器和建築玻璃城堡。他十三歲抽煙、十七歲離家出走，長期酗酒，沒有固定職業，還會偷妻兒的錢去買醉。為了逃避他想像中的惡徒（包括政府）追殺，經常舉家「落跑」，有時在沙漠席地而眠，有時在窮山惡水破屋落腳。他讓孩子撫摸動物園裏的猛獸以克服恐懼，讓孩子幾乎溺斃以學會游泳。窮得沒錢為孩子買聖誕禮物，他說聖誕是虛構，「耶穌是世上最著名的私生子。」然後分別帶孩子去看星，送給他們一顆星子，說：再過幾年，當別的孩子收到的聖誕垃圾壞掉或遺忘了，「你們還擁有自己的星星。」

　　珍娜母親是畫家，夢想揚名立萬，也沉迷閱讀和寫作。她認為

「與其花一個下午,煮一頓一個鐘頭就吃光的飯,還不如花同樣的時間,創作一幅可能流傳千古的畫。」所以,有錢開飯時,她一星期煮一次,每次煮一大鍋魚或白米或豆子,全家吃足一星期。她喜歡冒險刺激,居無定所符合她的要求。她有教師執照,却寧可讓孩子挨餓,也不願「屈就」。逼不得已去教書,常托病請假,教學計劃、評鑑報告和作業批改交給孩子處理。她告訴孩子「很多事最後都會否極泰來」;孩子問「要是沒有的話,怎麼辦?」她說:「那就代表,你還沒有走到山窮水盡。」

這對父母雖是歡喜冤家,却陷子女於惡劣艱辛的成長困境。所以,珍娜一家到處遷移,過著流浪的生活。飲食時間不定,逮到機會就大快朵頤。但大多時候,孩子三餐不繼,潦倒時三天沒得吃。珍娜和姐姐弟妹,在學校的垃圾桶裏撿食,也撿破爛維持生計,遭人白眼和欺負。小時候的有趣和新奇,成了長大後的乖舛和夢魘。當他們成長,決定離開這樣的家庭,逐一到紐約奮發求學和謀生,尋找自己的人生。當他們有了各自的事業,仍然羞於談及自己的家庭。最後,父母也抵達紐約,却寧可過著露宿街頭的遊民生活,也不願接受子女的救濟。「每一次出門走在街上,我就忍不住仔細觀察街上每個遊民的臉孔,想說會不會剛好碰到爸或媽。」

「這個世界要是少了爸,我的生活會變成什麼樣子?…我無法想像。儘管他是個差勁的老爸,儘管他給我們帶來了不少傷害、痛苦,但我始終知道,他是愛我的——以他獨特的方式愛我。」珍娜在心裏說:「爸,我一直很害怕自己會愛上一個跟你一樣,嗜酒如命、桀驁不馴卻又魅力十足的混蛋。」

她也知道媽媽以「獨特的方式」愛著孩子。「但我發誓,我到時候絕對不要像媽一樣,在一個鳥不生蛋的窮鄉僻壤,在一間沒有暖氣的破敗小屋裏,怨嘆自己命苦而哭腫雙眼。」

對出身問題或貧窮家庭的孩子,我總是這麼想:我們必須努力學習以改變命運。我們無法改變父母,但能改變自己。生命的躁動

不安，最後都應平靜下來；生命的混沌亂序，最後都應回歸清醒；生命的風風雨雨，最後都應化為感恩。

　　對成長的陰影，我們必須盡最大的努力去面對，然後超越。「注視得越久，眼睛就越能適應黑暗，你能看到的星星也就越多。」《玻璃城堡》如是說。

　　因為父母。因為自己。因為子女。

耶穌不能不死

　　一個人怎樣死，可看出他怎樣活。我原就對宗教和傳記頗有興趣，耶穌事迹也略有所知。這次，是詳述他死亡的書《基督的最後七天》吸引了我。封面文案有那麼一句：「基督的最後言行，大家都自認知之甚詳，其實一無所知……」不小心正說中我這麼一位經常羞愧的讀者。

　　寫這本書的，是專攻這領域的學者Marcus J. Borg與John D. Crossan。序者黃懷秋說：沒有苦難就沒有激情（passion）；反之亦然。「沒有苦難的激情還不夠『深情』，而沒有激情的苦難又只能淪為『落難』罷了。」說到心裏頭去了，此書非讀不可。

　　作者在〈前言〉就問：耶穌的最後一周，對現代人有什麼啟示？「它的現代意涵又是什麼？」像我這樣挑剔的讀者，吞下這句話如吞下釣餌。作者究竟想說什麼？他怎麼說？他的論據是什麼？他說得對或錯？

　　耶路撒冷是上帝也是凱撒之城，是希望也是壓迫之城，是喜樂也是痛苦之城。聖殿在此，羅馬帝國的財富也在此集散。耶穌沒反對猶太教，但他反對當時以上帝之名合法斂財貪瀆的「統治系統」，包括與帝國勢力勾結、為之服務的聖殿神職人員與社會菁英。他同情受苦受難的赤貧農民，也要拯救墮落的聖城。所以明知必死，他決定進城。這時，耶路撒冷的宗教意義，是耶穌的死亡與復活之地；但它的政治意義却是：耶穌與統治系統交鋒之地。

　　耶穌進城當天，除了他和信眾，還有另一支隊伍——當權的羅馬軍隊。作者老早就問：「今天忠於耶穌的人也要面對相同的問題、相同的抉擇。我們身在哪一支隊伍中？我們想加入哪一支隊伍？」

　　上帝透過耶利米指責當時的神職人員：是不是以為崇拜神就可以不必行神的正義？「你們以為我的聖殿是賊窩嗎？」上帝一再強調：「我拒絕你們的敬拜，因為你們缺乏正義。」神職人員（廣義而言指所有信眾）行使不義淪為盜賊，却認為聖殿（或宗教）是他們安全的居所、窩、隱藏處或避風港。作者說：「聖殿不是發生搶劫的地方，却是搶匪尋求庇護的場所。」對照現實，你應該更清楚為何我喜歡這本書。訊息昭然若揭：正義必須駕凌崇拜或「信仰」之上，如此才能與神同行。

　　耶穌的故事不能以釘十字架為結束，他必死無疑，但也一定要復活，上帝必得為他平反。復活是為上帝的正義辯護，證明上帝也證明正義存在。至於是靈的復活或肉身復活，留給信徒或學者處理。耶穌說：「上帝是活人的上帝，不是死人的上帝。」孔子說：「未知生，焉知死。」重點在此世生活，而非死後生命。死亡的路，其實是生命復甦的路。作者說：「最重要的真理或許只能用比喻來表達。」比喻，包括故事，包括復活、顯靈與末世。我們要的是意旨而非故事。

　　把公道之人釘上十字架，從來就不是上帝的旨意。那耶穌為什麼視死如歸？因為如果麥子不死。因為這是和平通往天國之路。這是耶穌的激情。釘上十字架，是他的激情與當時統治系統衝突的結果。沒有激情，就沒有如此震撼人心的結果，也沒有基督神學的核心：道成肉身。

　　利己主義與不正義，帶來霸權、戰爭、剝削、爭奪和貪瀆等敗行。基督之死，教我們也要從這種利己與不義的「自我」裏復活。這是轉化之路，也是唯一的路。可惜，在許多地方，包括教堂和信徒心裏，耶穌「只是一具屍體」，人們一再把他釘上十字架。

　　耶穌是憐憫是愛，而正義則是憐憫和愛的社會形式。「愛是正義的靈魂，正義是愛的軀體、肉身」。因此，耶穌至死否決暴力。

最後，作者指責美國「是當代的羅馬帝國」，以正義之名行使暴力。就國家領袖而言，我把它讀成馬來西亞。

更重要的是：讀者必須把它讀成自己。

「我們參與的是哪一個行列？」這是本書末句。

檳城的閱讀位置
──從個人回憶讀杜忠全的《老檳城‧老生活》

　　我不太敢給杜忠全這本書寫序，所以拖延許久。

　　不太敢，是因為檳城離我太近，又太遠。

　　太近，因為它是我生長的地方。廿歲以前，它是我天地的中心，我的親友全在這裏，我的喜怒哀樂全在這裏。

　　太遠，因為我從來沒有好好「認識」這座島嶼。

　　我知道老家亞依淡的許多路許多樹，在那條黑水河裏捉過孔雀魚釣過黃鰻，還在水瀲泄洪時泡在河裏游泳，一條條米田共也在河裏游泳。回家後我挨罵挨打，等待下回重犯。

　　我也曾和阿明、阿風玩過玻璃彈珠、製造「打戰」用的「卜葡槍」、用牛皮膠拉風箏綫、捉蠅虎養在火柴盒用來打架、在露天羽球場或劃地為牢玩「加哩隊」、爬上果樹邊玩捉迷藏邊偷吃半生熟的紅毛丹。有人欺負我弟弟，我和他拼了，雙方拳來腳往十五分鐘，始終不曾擊中對手一根毫毛，事後再對罵彼此「肉腳」。

　　少年維特時期的我，愛上路面鋪滿小小黃花的蘇格蘭路。每年三、四月，路邊古老壯碩的青龍木，總答應我來一回生命的美麗和淒迷。

　　這樣的故事還有很多很多，包括在升旗山頂遙望夜裏的喬治市，它像綴滿七彩寶石的披風；包括在葛尼道海邊，牽手、飲酒、唱歌，閒聊到晨曦初露。

　　我最愛是海。後來也常向外人誇口：檳島任何地方，只要十五分鐘車程，你就會遇見海。許多時候，我枯坐岩石，獨自看著海面閃閃的陽光，像一道筆直向前的路。有一天，我終於「覺悟」，原來它說：你必須走出這座島。

結果留臺四年，回檳兩年，此後就長居雪隆與彭亨州界。每年回檳幾次，探親、演講或辦活動，發現它的面貌改了，路名改了，方向也改了。甚至，連性情也不太一樣了。

　　我駕車迷了路。也不算迷路，景物還認得。只是路，從前不是這樣走的。

　　是。我必須說，羞愧的說：我是個迷路的老檳城。

　　那年那個騎腳車赤裸上身風馳電掣、騎摩托載著女友拉風亂飆、與友好帶著愛人在丁宜海邊餐風宿露的少年，如今，迷了路。

　　直到那麼一天，二弟交來上千張家庭照片。都是黑白的，主要是父親當年玩相機時拍的。

　　久違了的人事物，重新映入眼簾。我一一掃描存入電腦，記憶却像海潮翻捲沙灘，童年和那年代的檳城，開始顯現散片，企圖合成完整的書。還有一些，是我的「史前」故事。

　　我看著雙親結婚的照片。爸爸彷彿得意，媽媽不太高興。他們在植物園拍外景，媽媽的婚裙在地上開張如滿月。她的臉也像滿月。周邊是黑白的草、樹和池塘。孩子出世後，也有在植物園拍的照片，在那條小溪撈魚玩水，在樹下石椅拍全家福。然而，這個故事還沒講完，就突然中斷了。1966年，父親不再為家人拍照了。從此以後，植物園就不再出現在我的家庭故事裏。

　　然而，因為這些照片，我決定重新「認識」植物園。我找書來看，瞭解它過去的歷史及現有草木的名字。1796年，馬來西亞的第一座植物園。東印度公司收集種籽，在此育苗往外輸送。日治時期，蝗軍在蓮花池畔挖掘隧道儲存軍火。1956年，我媽拍婚照的地方，是規則幾何圖形佈局的花園。帶著孩子和相機，我邊走邊拍，這是雨樹，這是砲彈樹，這是鳳凰木，這是怡保樹。

　　後來，古蹟維護專家陳耀威帶我一家遊老城區。後來，杜忠全交來這本書。過去的我，回來重新認識檳城。也許，也重新認識自己。

　　我常在書裏遇見檳城，但大多零星雜碎。吉爾斯‧彌爾頓（Giles Milton）的《荳蔻的故事：香料如何改變世界歷史》（Nathaniel's Nutmeg：How One Man's Courage Changed the Course of History），告訴我檳城浮羅山背豆蔻的由來。諸如此類，像檳城的斷簡殘篇。

　　杜忠全的《老檳城‧老生活》不一樣。他說的是半世紀前的民間故事，主要是華人真實的人事物。時間有人，空間有了，人物故事有了，老生活的主題也有了。這本書因而有了明確的閱讀位置。

　　它仍然是歷史片斷，却是活生生的片斷，有血有肉，有色彩，有聲音，有味道，有特定的時空。它帶領讀者「回到」現場。歷史裏的民間生活場域。這座城市這樣活過，這些人這樣活過。我（也可能包括你）的童年和長輩，曾經這樣活過。

　　活在這些熟悉的稱呼裏：柴埕前、甘榜內、過港、萬腳蘭、五葩燈、畓田仔、社尾萬山、彎頭仔、春滿園、摩拉……我邊讀邊用檳城福建話在心裏念，也許時空錯亂，耳中竟響起電影《搭錯車》主題曲〈酒干倘賣無〉的幾句：「多麼熟悉的聲音，陪我多少年風和雨，從來不需要想起，永遠也不會忘記……」

　　彷彿，散片恢複完整，陌生重返熟悉。但我畢竟離檳城太遠，我問媽媽：甘榜內在哪裏？萬腳蘭在哪裏？五葩燈在哪裏？彎頭仔、春滿園和摩拉在哪裏？

　　我開始明白：其實，消逝的不會完整重現。但我喜歡聽我媽說。她，就是檳城的過去和現在，圓滿和溫暖。她就是「我的」檳城。像奧罕‧帕慕克（Orhan Pamuk）的伊斯坦堡，就是他的，不是任何人的伊斯坦堡。這座城裏，有他的家人，有他的「黑玫瑰」。

　　我有五顏六色的玫瑰。我是說：放在自己的記憶裏，這座城和杜忠全的這本書，有了繽紛動人的閱讀光譜。

　　讀一本書，能讀到個人的部份記憶，我要感謝杜忠全。

　　這麼說來，檳城離我還不太遠，還不算太陌生。

這是「我」的閱讀位置。也因此我敢提筆。

如果你並非檳城人，那你有沒有閱讀位置？

我說過：時間有人，空間有了，人物故事有了，老生活的主題也有了。這本書因而有了明確的閱讀位置。

如果它不落在讀者的回憶位置，一定也會落在歷史、文化或旅遊等某一明確的閱讀位置。

因此，這是一本好書。

用心說我認識的駱董

從余仁生駱榮富董事經理的辦公室出來，和他一起到紫藤總部喝幾杯林董福南泡的好茶。駕車回出版社的路上，突然很想為駱董的新書寫篇文章。

《行銷心經》印前作業已近尾聲，今天和駱董約見，是想討論〈後記〉的寫法。他說的兩個字，一直留在我心底：「用心」。他說出版《收銀機響不停》時，他對「用心」這件事，思考得還不夠透徹。

《行》書從出版構思、內容生產到設計編印的過程，我一路跟隨。當編輯同事給我看排版稿，我總會在某些篇章的字裏行間，發現駱董談「心」。我看不出他的刻意，他只是時候到了，說該說的話而已。

到了最後一篇最後一行，他才自然而然的點題：「要我總結卅年的行銷經驗，一言以蔽之，是──以心換心。」

行銷非我所長，我只是認為無論從事任何行業，要成為行銷人、生意人或什麼人之前，首先要是人。是人必有人心。在駱董身上，我看到人心。人心即是仁心。這顆心，是一顆柔軟和溫暖的心。

我因老友游川而結交駱董。2004年，我們談到推動經典導讀課程。當時，駱董一口就答應由余仁生贊助與主催，他沒問我目標人數或宣傳方法。後來我告訴他，這項活動無法為余仁生帶來宣傳效益。他說：「贊助活動，有些要宣傳，有些不必。」這是我第一次認識駱董。

2007年游川去世，余仁生在報章全國版登四分之一版輓詞廣告；2008年陳徽崇老師去世，余仁生也登輓詞廣告。游川為余仁生提供行銷創意服務；駱董並不熟悉陳老師。2009年華教前輩沈慕羽

先生去世，駱董說：來，我們去馬六甲追悼沈老。送游川最後一程時，駱董流下淚來。這是我第二次認識駱董。

有次偶然的機會，我聽到駱董交待下屬：送個禮籃給寬中的那位女教師，她為保護學生而受了重傷；另一次偶然的機會，我看到駱董自掏腰包，捐助一位來自破碎家庭的男生就讀多媒體大學。這類事情，我知道的很少，不知道的還很多。這是我第三次認識駱董。

我偶爾參加余仁生的行銷會議。有一回，駱董某位屬下提到競爭對手含沙射影，以不正當的手段攻擊余仁生，他想以牙還牙。駱董說：商業競爭也要光明磊落，我們不會中傷競爭對手，更不懂得什麼叫以牙還牙。這是我第四次認識駱董。

余仁生贊助很多文化活動。駱董說：一個文化或藝術團體，如果經過多年努力而又做出了亮麗的成績，就應該支持它。它們為社會做有意義的事，可是都做得很辛苦。我只希望他們能堅持下去，並為社會做出更多的貢獻。這是我第五次認識駱董。

我最近一次認識駱董，就是為《行》書準備〈後記〉的時候。我順便向他報告：余仁生贊助我全國巡迴導讀九場《論語》課程，有些州屬反應欠佳，參加人數不如預期，我覺得很慚愧。他淡淡的說：我們早已知道這件事不容易，盡力而為就是了。

我第一次認識的駱董，是一個認為自己該做的事，就去做的人。

我第二次認識的駱董，是一個看重才華與尊重貢獻的人。

我第三次認識的駱董，是一個對陌生人伸出援手的人。

我第四次認識的駱董，是一個各憑本事、君子之爭的人。

我第五次認識的駱董，是一個擁有人文素養的人。

我最近一次認識的駱董，是一個寬容與諒解的人。

駱董說用心，用的是一顆人心。

因為用心，所以感動，所以感恩。

我總以為駱董用心，深合儒家。他也學佛，自言體悟得益最多的是《易經》。

　　《易》有三義：變易、簡易、不易。變易，是駱董靈活巧妙的經商之道；簡易，是流水行雲，寓銷售於無形，善行亦無轍迹；不易，就是他擇善固執與堅守原則的做人之道了。

　　現代社會功利自私，許多人無心。《行銷心經》書名，在我的解讀裏，是駱董的微言大義。

　　我知道的很少，不知道的還很多。這篇文章也並非為個人所感而寫，而是為許多與我有同感的人而寫的，包括我在藝文、教育、工商界與社團的朋友。

　　我只是代表這些朋友，用心去寫我們認識的、用心做人的駱董。

旅人蕉

那株旅人蕉，長在小小的院子裏，是當年遷入時種的，也快十八年了。

排屋住家小小，客廳、飯廳和廚房連在一起，洗衣機就只好擺在門旁，「公開展示」。為了遮醜，種株旅人蕉或可掩人耳目。屋子朝東，扇面也朝東，說不定還能遮蔭納涼。

我一直以為它是美人蕉或芭蕉。或許也因為喜歡這兩個名字，尤其「是誰多事種芭蕉，早也瀟瀟，晚也瀟瀟」。後來才知不學無術，張冠李戴。

它是旅人蕉（Traveler's Palm），學名Ravenala madagascariensis說明它的身世。因葉柄吸含雨水，切下可以解渴，故名旅人蕉。這樣的寓意，彷彿人生逆旅，還有一口甘泉。

然而，它俗名棕櫚（Palm），實非棕櫚。它是薑目旅人蕉科，又稱鶴望蘭科，本科最著名的植物是天堂鳥花。至於美人蕉（Canna generalis），薑目美人蕉科美人蕉屬；芭蕉（Musa basjoo）則是薑目芭蕉科芭蕉屬，食用的香蕉（熱帶甘蕉）同科同屬。

旅人蕉慢慢成長，一暝大一吋。它的巨靈神掌伸向蒼穹，揮手迎送，溫暖親切。為它修剪枯葉，我得爬梯，鐮刀要銜接長竿。朋友初訪，我說：住宅花園種有旅人蕉的那家就是了。

後來隣居擴建，房子往前院伸長。旅人蕉只好貼墻而立，成了直角。

那陣子我看著它，總覺得委屈。

貧瘠的土地，侷促的空間。它生錯地方，應該長在曠野。可以天空地闊，極目遠眺。可以風中舒展，日下招搖。

日子一天天過去，開始我沒發現它的變化。

它的扇面緩慢的旋轉。

從卅五度到七十五度，再到如今的九十度。原本朝東，現在朝北。原本與牆扞格，現在平行。

是它的天性嗎？告訴它必須頑抗惡劣的成長環境，適應既定的生存條件。

我喜歡這樣的個性。

院子小小，成就了它的意志。

五十正好

　　也許，五十歲有個好處：生命有了一點厚度，可以分章分節，理出些許頭緒。目的，可能是反省過去、檢視現在和瞻望將來，也可能只為稍息片刻，把酒笑談。四十歲猶風風火火，蠅營狗苟；六十歲或山高月明，不落言筌。真要能提綱挈領，總結一生，恐怕得待七十歲，像孔子那樣澄清如鏡。

　　五十歲的心境，開始安寧。不那麼容易動氣，風裏雨裏，有時還會問自己為什麼要動氣；不那麼容易動心，歌過哭過，總得體會許多事情是自然而且必然。於是，我們必須開始學會喜歡五十歲，逐漸懂得下山的方向；偶爾停歇腳步，欣賞由濁轉清的水色，或在枯草叢中新冒的綠意。

　　當我們的生命裏有太多的任性與不甘，那是因為年輕，想去尋找與眾不同的存在，想為蒼白的生活塗染璀璨的色彩。生命苦短，不像烟花只為剎那的綻放；也該像雷電撼動人心。周而復始與一成不變的生活，只能是生活的噩夢、生命的白卷。

　　於是，我們企圖解釋也解放自己，讓別人得以辨識、自己意氣風發。不管是年少無知或出於私心，我們去尋找理想。我們曾是那海邊的少年，坐上礁岩望著靈動的波光，像是指引未知的路。我們也曾在夢裏赤裸飛翔，鳥瞰不知名的山城，猶擔心自己奮勇撲打的雙手，會否因乏力而墜落。

　　當我們不再年輕，當我們用了二三十年，走過崎嶇與坎坷，累積了一點收穫，平凡仍舊無聊。以往的艱苦都變得微不足道：傷口已經痊愈，疤痕無足炫耀；獎盃爬滿青鏽，擦亮也不復神奇。神奇必須是無可預測的未來，那不是告老退休或心如止水。那必須是繼續跋涉山水走入風雨，尋找不老的泉源。

　　曾經重視身體感官的，最後都必須回顧心靈深處。不平凡的意義，不在造就多少外在的成果。不在征服峻嶺與深淵。不在掌聲與欽羨。當沒有人亮一盞燈，去照見內心陰暗的角落；當沒有人拔一把劍，去擊敗自以為是的自己；你去，用光芒用血淚，用堅忍用毅力；縱使失敗，你不平凡。

　　平凡真無聊。這樣的想法，造就了五十歲的我。

　　終我一生，學習而已。聖賢如是想；尋找智慧的人如是想。不如是想，故步自封，燕安鴆毒。學習的命題包括：知不足──知道自己不足；知行合一──學會就是做到。知不足，易；知行一，難。生命涓涓潺潺、滾滾滔滔，如何在忙碌流動中，問自己知道有沒做到，最難。

　　知道而沒做到，常人如此；知道偶爾做到，為善不卒；知道經常做到，已是賢人；知道就是做到，是為至聖。這不容易；因不容易而去努力，生命就不會像一潭死水，積澱污垢，滋長蚊蟲；不會像玻璃窗前的蒼蠅找不到出路；也不必載浮載沈於世，溺斃時雙手向天。

　　學習源於自覺，終於自覺。終始之間這條路，只能反求諸己。求己求人，是難是易，見仁見智；然而，責任外推，怨天尤人，必是輕而易舉；責任在己，躬身自省，卻是難若登天。反求諸己即責任在己，是得是失是榮是辱，我們必須為今天的自己負責。

　　當我們反求諸己不外求，身安處即是心安處。富貴不能淫，貧賤不能移，威武不能屈，人生中能讓我們擔心的事，或許已經不多。知道心之所在，就懂得身之所在。逝者如斯夫，不舍晝夜。那是一顆流動的心，看出流逝的水；停止的心麻木，流逝的水最終也無法交待生命的去處。

　　流水不腐。五十歲的我，是該不斷往這個方向努力的。

　　孔子五十而知天命。生命自己操盤，地圖與方向是紛紛擾擾的世間，終點站是公天下。為天地立心，為生民立命；為往聖繼絕

學，為萬世開太平。這是孔子做到的。我們能做到什麼呢？高山仰止，景行行止；雖不能至，然心嚮往之。我們起心動念，或該是盡一己之綿力，為社會做點事。

當我們誠心誠意為別人做點事，別人也會為我們做點事。重點不在回報，而在產生些許影響，漣漪可能擴大成波濤。種一株幼苗且灌溉施肥，我們未必有機會等它茁壯成長、枝榮葉茂且開花結果；後世遮蔭享用，也未必記得當初種樹之人。只是，一顆種子會長成千萬株樹，這正是別人也會為我們做的事，他們正也為社會做點事。

五十不能不知命。題目可大可小，效果實難逆料。今非昔比，人心卻是不變的；每個人都有能力為社會做點事，也是肯定的。我們或會因挫折而一時氣餒和困塞，然而，為社會做點事的想法讓我們想到別人，走出自己，因而走出生命的低谷。如果找不到生命的出路，那是因為我們自囚於己。

人生因而沒有退休這件事；心沒退休，身就沒退休。由是觀之，從職場退下反而是件好事，生命可以重來。為自己和家人拼搏三四十年後，我們終於可以放下任何理由，只為不相識的人，略盡生而為人的義務和責任。年少時勇於做自己，而後忙於為家人為事業。這時，讓我們學做人。

為社會做點事。當我這麼想，五十之後還有很多要做的事。

四十歲的我們，告訴自己：假我十年，必有一番作為。五十歲的我們，仍想再以十年，去探索另一種風景。我們仍想嘗試新的事物，仍想讀書學習，仍想能力所及伸出援手。然而，將來十年的未知，尤其是究竟還有多少超越自己的機遇，包括知識經驗與智慧感悟，才是我們最想奮發的方向。

身體無法到達的地方，心可以。記性差了，放心，忘掉是因為不重要。貴重的東西，都會沉落心靈深處，自然流於言行。年紀愈大而愈依靠官能，就愈危險。讓唇齒留香的不是舌頭，看出俊美壯

麗的亦非雙眼。或許也該提醒自己：話不重複，戒之在得。多話易於自大；戒得則不役於物，無求於人。

　　天不假我十年，亦無所失。夜星遙不可及，仍有無數企望的眼睛。心裏那片天地，任誰都無以掠奪。人生若非走向正路，就是走入虛無。心平而後路平，心正而後路正，最後是坦然面對自己，回答自我的提問。一夕漁樵話再也不關我事；酒店關門我就走，各位請自便。

　　──是這樣嗎？抑或又是口不對心、裝點江山？我不知道。

　　因而生命的未知，再一次拉開莊嚴舞臺的垂天巨幕。戲正開場，演的看的，都是我們自己。演好演壞，掌聲噓聲，都是我們自己。

　　五十正好。

慈愛的歡顏

　　二弟承積知道我獲得馬華文學獎，二話不說就幫母親買了來回機票，從檳城飛來吉隆坡參加頒獎禮，由二姐承收陪伴。母親七十五歲了，我說：這樣很辛苦，住一晚又飛回去。她笑說：都是你二弟，沒問我，他就訂了機票。

　　頒獎禮翌日，幾家報館登了照片，她站中間，教育部魏家祥副部長和我站兩旁。由於記者拍攝時間有异，她說：那張她笑得不好看，這張笑得最美。又說：昨晚穿的衣服，見不見得人啊？

　　媽媽愛美，兒子早就知道了。但這次讓她這麼高興，倒是出乎意料。

　　當初獲知提名這個獎項，其實心中忐忑。無關得失，而是我總覺得，還有許多文壇前輩更有資格得到這項榮譽。為了女兒的深造費用，我瞄準的是一萬元獎金。我暗罵自己：要錢不要臉。

　　然而，我獲得的，顯然不只獎金。我有個機會，公開感謝母親。我的得獎感言，主要是這幾段話：

　　「我尤其感謝母親，她辛苦來回這一趟，就只為了看她的『問題兒子』上臺領獎。

　　說我是『問題兒子』，因為我這一生虧欠最多，却永遠無法回報的，就是我的母親。從小，我就是個任性和不聽話的兒子，經常讓她操心；留臺念大學畢業兩年後，我又來吉隆坡尋找自己所謂的『理想』。我沒盡到兒子的責任；這些年來，都是我的大姐承額、二姐和弟弟，負責照顧她。

　　我的母親，當了十八年小販，每天只睡三四小時，辛辛苦苦把兒女撫養長大；我的母親，總在我犯錯時原諒了我；也用諒解、寬

大和包容，讓我揮灑才華，並努力為社會做一些事，而不求我有任何回報。

是我的母親，讓我在這天地之間有了重心，在這人生之路有了方向。是我的母親，在我生命陷入低潮時，不至於沉淪；在我迷失時，不至於前路茫茫。因為我知道：我還有一個疼我、愛我、關心我，肯為孩子犧牲一切的母親。

所以，感謝大家對我的鼓勵和肯定。但所有的贊賞和榮譽，都應該歸我母親。」

老友周金亮當時坐在我母親身旁，後來轉述她的話說：其實兒子說錯了，她當小販十八年，每晚只睡兩小時。我想像她說這句話時，一定臉帶微笑。

說孩子得獎讓她這麼高興是出乎意料，其實是我年過半百修行尚淺，對為人父母之心瞭解得還不夠透徹。

萬元獎金籌措女兒學費，我還有時間努力賺取。

慈母的歡笑，千金不易。

語言文學類　PG0585

分明
——傅承得散文自選集（一九八五至二○一○）

作　　　者／傅承得
主　　　編／潘碧華、楊宗翰
責任編輯／林千惠
圖文排版／蔡瑋中
封面設計／陳佩蓉

發 行 人／宋政坤
法律顧問／毛國樑　律師
印製出版／秀威資訊科技股份有限公司
　　　　　114台北市內湖區瑞光路76巷65號1樓
　　　　　電話：+886-2-2796-3638　傳真：+886-2-2796-1377
　　　　　http://www.showwe.com.tw
劃撥帳號／19563868　戶名：秀威資訊科技股份有限公司
　　　　　讀者服務信箱：service@showwe.com.tw
展售門市／國家書店（松江門市）
　　　　　104台北市中山區松江路209號1樓
　　　　　電話：+886-2-2518-0207　傳真：+886-2-2518-0778
網路訂購／秀威網路書店：http://www.bodbooks.com.tw
　　　　　國家網路書店：http://www.govbooks.com.tw
圖書經銷／紅螞蟻圖書有限公司
　　　　　114台北市內湖區舊宗路二段121巷28、32號4樓
　　　　　電話：+886-2-2795-3656　傳真：+886-2-2795-4100

國家圖書館出版品預行編目

分明：傅承得散文自選集（一九八五至二〇一〇）／傅承
得作.-- 一版. -- 臺北市：秀威資訊科技, 2011. 09
　　面；　公分. --（語言文學類；PG0585）
BOD版
ISBN 978-986-221-771-9（平裝）

868.755　　　　　　　　　　　　100010059

讀者回函卡

感謝您購買本書,為提升服務品質,請填妥以下資料,將讀者回函卡直接寄回或傳真本公司,收到您的寶貴意見後,我們會收藏記錄及檢討,謝謝!
如您需要了解本公司最新出版書目、購書優惠或企劃活動,歡迎您上網查詢或下載相關資料:http:// www.showwe.com.tw

您購買的書名:＿＿＿＿＿＿＿＿＿＿＿＿＿＿＿＿＿＿＿＿＿＿＿＿＿＿

出生日期:＿＿＿＿＿年＿＿＿＿＿月＿＿＿＿＿日

學歷:□高中 (含) 以下　　□大專　　□研究所 (含) 以上

職業:□製造業　□金融業　□資訊業　□軍警　□傳播業　□自由業
　　　□服務業　□公務員　□教職　　□學生　□家管　　□其它＿＿＿

購書地點:□網路書店　□實體書店　□書展　□郵購　□贈閱　□其他

您從何得知本書的消息?

　　□網路書店　□實體書店　□網路搜尋　□電子報　□書訊　□雜誌

　　□傳播媒體　□親友推薦　□網站推薦　□部落格　□其他＿＿＿＿＿

您對本書的評價:(請填代號　1.非常滿意　2.滿意　3.尚可　4.再改進)

　　封面設計＿＿＿　版面編排＿＿＿　內容＿＿＿　文／譯筆＿＿＿　價格＿＿＿

讀完書後您覺得:

　　□很有收穫　□有收穫　□收穫不多　□沒收穫

對我們的建議:＿＿＿＿＿＿＿＿＿＿＿＿＿＿＿＿＿＿＿＿＿＿＿＿＿

＿＿＿＿＿＿＿＿＿＿＿＿＿＿＿＿＿＿＿＿＿＿＿＿＿＿＿＿＿＿＿＿＿

＿＿＿＿＿＿＿＿＿＿＿＿＿＿＿＿＿＿＿＿＿＿＿＿＿＿＿＿＿＿＿＿＿

＿＿＿＿＿＿＿＿＿＿＿＿＿＿＿＿＿＿＿＿＿＿＿＿＿＿＿＿＿＿＿＿＿

11466
台北市內湖區瑞光路 76 巷 65 號 1 樓

秀威資訊科技股份有限公司　　　收

BOD 數位出版事業部

....

（請沿線對折寄回，謝謝！）

姓　　名：＿＿＿＿＿＿＿＿＿　年齡：＿＿＿＿＿　性別：□女　□男

郵遞區號：□□□□□

地　　址：＿＿＿＿＿＿＿＿＿＿＿＿＿＿＿＿＿＿＿＿＿＿

聯絡電話：(日) ＿＿＿＿＿＿＿＿＿＿＿　(夜) ＿＿＿＿＿＿＿＿＿＿

E-mail：＿＿＿＿＿＿＿＿＿＿＿＿＿＿＿＿＿＿＿＿＿